書下ろし長編時代小説

江戸っ子出世侍

お目見得

早瀬詠一郎

この作品はコスミック文庫のために書下ろされました。

目次

〈一〉花の吉原、鴨葱侍（かもねぎざむらい）……5
〈二〉城は廓（くるわ）で、人は悪（わる）……50
〈三〉まずは、やくざの用心棒……104
〈四〉地蔵の名は、マリヤ……155
〈五〉老中、香四郎を呼び出す……203

〈一〉花の吉原、鴨葱侍

一

「おう、聞いたか。京二の若竹に、お誂え向きの若造が入り浸りだとよ」

江都一の色里に働く男衆が、朝めしどきに口の端にのせた話は、惣菜のひと品となっていた。

「大店の倅が筆おろしの末、帰りたくねえと駄々をこねたってぇのか」

「それが商人じゃなく、お旗本の子」

「嘘だろ。今どきは大名家でも、台所は火の車だろ。下手すりゃ、お勘定をって取りに行ったとたん、無礼者って」

平らにした掌を、首にあてて眉を寄せた。

「えへん」

咳払いが聞こえたので、男衆の一人は声をひそめた。

「ところがと来らぁ。銭を持っていた。それも切餅ひとつ。二十と五両。昨夜の分は、もう払ったとよ」

「てぇと、花魁が帰しませぬわぇと、得意のすすり泣きで居つづけとなり。懐のものみんな、吐き出させようって魂胆か」

「ここは吉原、地獄町。尻の毳までスッパリと……」

ゴツン。

「痛っ」

男衆は横あいから伸びた拳固で、頭を叩かれた。

ふり返ると見世の番頭で、地獄町と口にした男衆を睨むと、声を落とした。

「馬鹿野郎。朝は客がいないからと、口の栓を抜くんじゃない。そのひと言を嫌うのは、客ではなくて女のほうだ。心しろ」

「…………」

言われて気づくようではいけない。地獄とは足掻いても出られないところで、女郎にこそあてはまることばなのだった。

客は鴨、女郎は餌で、見世は籠。

誰ひとり洩らさないこの金言は、色里では不滅の決まりことばとなっていた。

「で、葱を背負ってきたのは、ほんとうに旗本なのか」

番頭が問いただす。

「へい。今朝いちばんに、若竹の者が旗本屋敷へ走って確かめたそうです。番町の峰近さまという五百石のお目見得だって、聞きました」

「旗本というなら、将軍さまお目見得にちがいないが、今どき二十五両もの大枚を懐にってぇのが分からねえな……」

これはなにかあると男衆ふたりを伴った番頭は、京町二丁目の若竹に出向いてみるかと、草履をつっかけた。

弘化二年、春。改革騒ぎで揺れた去年までの天保も、老中首座の水野忠邦が罷免となったが、まだ後処理に手間取っていた。

「番頭さん。旗本の銭の出どころが怪しかったら、見世のほうも罪に問われますんでしょうかね」

「さてな。知りませんでしたで通るかどうか、こりゃ見ものだぜ」

面白半分、興味津々、他所の不幸は甘いのだ。

とばかりに、旗本の倅の馬鹿づらを拝んでやろうと、足取りまでが軽くなっていた。

「嘘ぉ。なんですか、この大勢の人だかりは」

男衆は若竹の表口にあつまる男たちを見たとたん、目を剝いてしまった。

十人や二十人ではない人垣は、みな顔見知りの見世の者ばかりである。

思わず顔見知りに、訊いた。

「喧嘩か、それとも病人でも出たか」

「ちがうよ。おまえさん同様、切餅を懐にした侍を拝みに来たのさ」

上手くすれば、うちの客にできるかもしれない。仁義など吹っ飛んでいる今の世の中を、天下の廓が露呈して見せた。

「どんな侍だ」

「見ちゃいねえ、誰も。ここの見世だって、上客を横取りされたくねえだろうから……」

不景気は、廓じゅうの考えをも一つにしてしまった。

なにはなくとも、まずは銭。

粋を心意気とした吉原が、この始末である。

なにごとかと遅い朝帰り客がふり返る中、あちこちの廓見世に働く男たちは、鴨葱侍の登場を今か今かと待ち構えた。

「おっ、出てくるぞ」

若竹と白く染めぬいた藍暖簾が開くのを見た男が、あつまっている連中に向かって声を上げると、大勢の男たちは表口を円く取り囲むように後退った。

が、あらわれたのは前歯の二本欠けた四十女で、つっかけている下駄の鼻緒に古手拭を代用した遣手である。

「なんだぇ、遣手のお榧じゃねえか」

「いけませんかね、うちの見世ですよ。まぁま大勢さんで、なにかございましたかしら」

遣手が白を切ったのは、誰が見ても明らかである。

いつもとちがい、眉のあいだにあるはずの険がうかがえないのだ。

男衆の古株が、図星を突いた。

「お榧。上客のおこぼれを、おまえもあずかったんだろ。一朱や二朱とは、思えねえ」

思わず、遣手は帯に手を置いてしまう。それだけで、手にした心付の多さが知れた。

となれば囲んでいる男衆は、そのまたおこぼれにあずかろうと、寄り添うように近づいた。

「止(よ)しておくれ、気味(きび)がわるいじゃないかね」

「小母(おば)さん。お使いでしたら代わりに、あっしが行って参ります」

「頼まれたのは、あ、た、し。小僧なんぞの出る幕じゃないよ。おどきってば」

邪険を鼻先に見せると、遣手は若い男の足を下駄で踏みつけ、大勢が群れる中を堂々と出て行った。

「…………」

足取り軽やかに出て行く四十女を、口をあんぐりと見送った男どもだったが、すぐに暖簾の中を覗き込んだ。

「誰もいねえようだぜ」

「そんなことの、あるわけがねえ。客がいなくたって、女も見世の男たちも出て行くはずはあるまい」

「まさか旗本の倅ってぇのが、腰の物を振りまわして――」

「今、遣手のお榧が出て来たばかりじゃねえか。それはなかろう」

吉原の色里には、古くから刃傷沙汰(にんじょうざた)が言い伝えられている。

さんざん銭を注ぎ込んだ揚句、目あての花魁がほかの男に身請けされた田舎者が、侍客のあずけた刀を振りまわす話など、数年に一度はあった。

大概は廓内の面番所か、会所と呼ぶ大門の見張り番によって取り抑えられるのだが、ときに怪我人を見た。

聞く限り、この見世に上がった噂の上客は武士という。

町人が馴れない刃物を扱うのではなく、本物の侍が刀を手に取るのであれば、刃傷などわけもなかろう。

「おい、上がってみようや」

誰が言うともなく声が出て、廓の男どもは若竹の敷居をまたいだ。

「入りますぜ、若竹さん」

声を掛けても、返事は一つもなかった。

「どなたか、いらっしゃいませんか」

無気味なほどの静まりようは、血なまぐささを連想させた。

一人二人じゃ心もとないとなって、大勢がドヤドヤと屁っぴり腰で上がることになった。

みな脱いだ草履を懐にしたのは、いつでも逃げ出せるようにだが、草履も安くないのである。

見世の主人がいるはずの居間には、誰もいない。台所ならば女中くらいはと見たものの、無人だった。

「勝手口の木戸は、心張棒(しんばりぼう)が中から掛かってまさぁ」

「厠(かわや)にも、誰も……」

「梯子(はしご)段下の蒲団部屋も、押入れにもいません」

残るは二階かしらと、大階段を見上げたとたん膝がふるえたのは、一人や二人じゃなかった。

「だ、だらしねえぞ、膝が笑っててらぁ」

「おまえだって、柱にもたれるようにつかまったままじゃないか」

「いっ、一緒に上がろう」

箒(ほうき)を手に、あるいは台所の庖丁や、勝手口の心張棒を握る者などが、数人ずつひと固まりとなって、一段ずつ上がった。

そこに、女の叫びが——

「ヒャァッ」

ガラ、ガタン、ドシン。

女の叫びにおどろいた第一陣の男たちが、人階段を転げ落ちた。

「は、早く番所の、お役人を……」

息切れした声では、番所の役人をと言ったことばの聞こえるわけもなく、下にいた連中はさっさと土間に降りてしまった。

「ギャアッ」

ふたたび二階から悲鳴が上がって、尻餅をつく男、這って外へ出ようとする男、それに縋って動けなくなる男が重なりあうと、若竹の見世先は混乱を見た。

すると、そこへ初老の武士が暖簾を上げて入って来た。

「あっ、お役人さま。に、二階で、人殺しが」

「なんと——」

大勢が青い顔をしてへたり込んでいるのを見れば、すわ一大事と侍は草履を脱ぎ捨てて駈け上がった。

「キャアッ。アレェエ、ヒャハハッ」

絶叫のあとに、妙な笑いを含んだ歓声が上がって、見世先の土間にいた連中は、なんだと顔を見合わせた。

「おまえ、人が斬られるときの声って、聞いたことあるか」

「あるわけないっ」

「そっちは」

「全く」

「これほど明るい声ってぇのが、分からねえ……」

言うが早いか、われ先に大階段を両手両足で昇りはじめたのは、廓に働く連中のお調子者ぶりゆえである。

悲鳴と嬌声のちがいに区別がついたところで、好奇心が勝った。

いったい二階で、なにをしているのだ。

客を遊ばせるばかりで、自分は少しもいい目を見ていない男衆たちは、大階段が崩れるかと思うほどの音をさせて上がった。

上がりきった正面に、遣手の仕事場となる引付部屋。その六畳にはなにもなく、代わりに廊下を隔てた花魁の部屋が大きく開け放たれていた。

それも三部屋ぶち抜きで、大広間と化したところに——

「………」

見たこともない、というより見すぎていたものが、林立していたのである。

夜ごと廓見世に働く男たちの第一とされる仕事は夜番という見廻りで、客に分からないよう襖をわずかに開け、支障のあるなしを確かめることだった。

当然、薄灯りの中で目に入ってくるのは、裸身にほかならない。

が、決まって男女一対で、足が六本あったら大ごとになる。

客が二人あるいは女が二人でも、玉代がちがってくるからだ。

その足が数えきれないほど、林を見せて立っているのであれば、なにがなんだか分からなくなった。

朝っぱらである。

女を買う吉原の見世なかではあっても、ひとつところに大勢の女が裾をたくし上げて集うなど、前代未聞の光景となっていた。

「肉林ってやつだ……」

「気でも触れたのか」

二階に駈け上がった二人がつぶやいたのを切っ掛けに、白い腿を見せていた女が帯をときはじめた。すると――

「あ、そぉれ」

別の女が、掛声とともに唄い出した。

〽おまえ待ち待ち　蚊帳の外　蚊に食われ

「ハァ、コリャコリャ」

〽七ツの鐘の　鳴るまでも　こちゃ構やせぬ

流行り唄『こちゃえ節』である。

立っていた女たちは一斉に踊りながら、着ている物を脱いでゆく。

広間とはいえ、二十人にもなる女たちが所狭しと踊り狂う様は、色気とは縁遠かった。

ハラリ、ハラリ。

桃色の襦袢や腰巻が落ちても、裸女の群れにそそるものは見えなかった。

冷静になれば男衆たちは我れに返り、なにをしに来たのだろうと、馬鹿ばかしくなってきた。

「鴨葱侍ってぇのは、どこだ」

「それより、お役人が上がったんじゃなかったっけ」

男どもは裸の林に気後れすることなく、目を凝らした。

「あっ、いた。奥の床柱」

裸の重なりが外れたところに、肌色の隙間が生じ、先刻の黒羽織の役人がすわっているのが見えた。

「お役人さまっ、これはいったい」

　声を掛けたものの、耳が遠いのか振り向きもしない。

「おいっ。噂の若侍が、その脇にいる……」

　見つけたとばかり、指をさした男衆の手がピシャリと叩かれた。

「ん」

　叩いたのは、若竹の主人だ。

「困るじゃないか。見世の内祭に、断わりもなく。加わろうっていうなら、お銭を払ってもらおうかね」

「いたんですか、旦那方も」

　気づかなかったが、若竹の主人から女中に至るまで、廊下の片側にきちんと並んでいた。

「一年三百と六十余日、廓見世を空にするところがあるかよ」

「まぁそうですが、内祭ってぇのはなんです」

「今朝から、上得意さまにはじめることにした。見てのとおりだ。次は三味線も入れて、賑やかに行こうと思う」

　若竹の主人は、笑いながら男たちの前に掌を突き出した。

「ひとり百文」

「嘘っ」

「そんじょそこらで見られねえよ。花魁に振袖新造、年増の番頭新造もいるが、総勢を比べられるなんてぇのは、若竹の内祭でしか拝めません」

「持ちあわせがないんで、今日は帰ります」

「内祭じゃなく、肉祭じゃねえか……」

すごすごと大階段を下りる男衆たちの背に、主人はことばを浴びせた。

「生き馬の目を抜く吉原だ。どこに上客を盗られるような見世があるものか、一昨日おいで」

考えるまでもなかった。

若竹には十年に一人、出てくれるかくれないかの極上の客が、飛び込んできたのだ。

見世をあげての祭も裸踊りも、嫌がる女がいるはずもなかった。

若竹の表口に出ると、先刻いそいそと出掛けた遣手のお榧が帰ってきた。

両手に抱えている買物は、経木に包んだ大福餅だ。

「お榧。ふるまい酒でなく、甘い物。ってことは、旗本が子どもと」

「馬鹿をお言いじゃない。花魁付きの禿（かむろ）は置いても、客の子どもは入れない決まりじゃないかね。お客さまは、下戸（げこ）なの」

　遣手は言い切ると、入ってしまった。

二

　豆大福、串団子、最中（もなか）、羊羹（ようかん）、饅頭、葛餅（くずもち）、素甘（すあま）、上生（じょうなま）の練切（ねりきり）に、南蛮菓子のカステラまでが、高脚（たかあし）の大きな漆鉢（うるしばち）に盛られて、香四郎（こうしろう）の前に恭（うやうや）しく差出された。

　香四郎が見たことのあるものは、串団子と大福。もらい物の羊羹は干乾（ひから）び、仏壇に上がっていた素甘は硬いものと思い込んでいた。

　五百石でも、旗本家は貧しかった。

　分かっているつもりだったが、香四郎は菓子の山を見て、自分の家は裏長屋と大差ないと、思い知らされた。

　手を出して口にしたいのだが、横にはつい先ほど屋敷から駆けつけた初老の用人島崎与兵衛（よひょうえ）が、今にも泣きそうな顔で貼りついている。

　峰近家用人の与兵衛は少し前、ひとりでやって来たのだった——

ひと言もしゃべることなく香四郎の膝に手を置き、取り囲んでいた女たちを苦々しく見まわすと、与兵衛は腰のものに手を掛けた。

「あれ、お侍さま。色里では、お刀を預けることになっておりまする」

年増の番頭新造は、誰もいないと勝手に上がってきた与兵衛を咎め、手首をやんわりと押え込んだ。

「不浄なる女に、触れられるおぼえはない」

てっきりそう言って睨みつけるものと思ったが、与兵衛が見る見る内に蕩けて行くのを見て、香四郎は目を瞠った。

「さ、左様であったか。知らぬとは申せ、その、なんである……」

手首をつかんだ女の手が、知らぬまに与兵衛の袖から這い上がっていた。

色里ならではの攻略に、堅物は参っただけでなく、香四郎に言うべきことばまで呑み込んでしまったのである。

「将軍家お目見得の譜代旗本、峰近家の末裔にござりますぞ、香四郎さまっ」

与兵衛は用人として、開口一番そう言って諫めるはずだった。

ところが、上がったとたん年増女の手先に籠絡され、骨抜きとなってしまったのだ。

考えるまでもなかろう。二百五十年に満たない幕府と、神代の頃から連綿と今につづく売色世界である。勝ち負けを比べられるわけがなかった。

「うっ、うぅっ」

初老の侍が、その場で難なく果てていた。

情けない結果を見た与兵衛だが、目の前に盛られた菓子の山に気持ちが働いているのは、香四郎にも分からないでもなかった。

かような贅沢は、いったいどうした加減で……。

香四郎が昨夜あずけた二十五両の中から、この菓子代も出ているのだ。

なにを隠そう、大枚二十五両の出どころは、日本橋の商家である。

盗んだのでも借りたのでもない大金は、旗本四男坊の峰近香四郎が一筆したためて得たおのれのものだった。

売ったのは、御家人株。代価は、百両。

生涯を部屋住の冷飯食いとして暮らすはずの四男坊に、青天の霹靂があったのは十日ほど前である――

三

峰近家の跡を継いでいた長兄の慎一郎に母屋へ参れと呼ばれたのは、香四郎が崩れかかりつつある塀に馴れない手つきで目塗りをしていたときだった。

「喜べ、香四郎。おまえに、運が向いてきたようだ」

若いころから胸を患う慎一郎だったが、珍しく頬を明るく染めて笑いかけてきた。

「穀つぶしでしかない四男坊に、入婿の話でも舞い込んで参ったのでしょうか」

「あはは。婿とは、辛いもの。邦二郎を見るまでもない。いまだ妻女の尻の下におるではないか」

次兄の邦二郎は二百俵の御家人のところへ婿として入ったが、種つけ馬でしかないのだと法事の席でつぶやき、苦笑いする男に成り下がっていた。

ついでながら三兄は早々に出家し、今は野州の寺に庵を編んでいる。

三人の兄たちは香四郎とひと回り以上も年が離れ、今も子ども扱いをして憚らなかった。

「兄上。どんな運が巡ってきたのです」

「春三月、まさに天恵となった。母上の遠縁の分家となる吉井の家を、憶えておるか」

「上野山下におられた御家人で、鼻の脇に大きな黒子のある」

「その吉井父子が、相次いで逝ってしまったのだ。悲しむべきところだが、跡目におまえが名指された」

どうだと、兄は小さな咳をして笑ってきた。

武家は嫡子がない場合、絶えるものと決まっていた。が、ときに不慮の出来事で、跡継ぎが頓死するときがあった。

大名家であれば、大勢の家臣まで路頭に迷いかねない。そうならないように、死を隠して急きょ嫡子を届け出る胡麻化しがまかり通っていた。

香四郎は百俵二人扶持の御家人、吉井家の世子とされていたというのである。

「百俵の相続ですか……」

「不服か。二十二にもなるおまえには、贅沢であろう」

「はい。ありがたくお受け致します」

頭を下げた香四郎は着替えると、その足で吉井家の葬斂に喪主として出向いた。

おどろいたなどという月並なことばでは表わしきれない姿が、香四郎の目の前に広がってきた。

番町の峰近家も塀に穴はあいているが、吉井家のそれは板塀が傾き、邸の居間も客間も仏間までもが雨漏りの痕跡(こんせき)がありありとうかがえるのだ。

小さな庭には雑草が生い繁り、台所には鼠の巣穴、水甕(みずがめ)に小さな虫が数え切れないほど浮いているのを見て、香四郎は体じゅうが痒(かゆ)くなった。

もう二年ばかりも、奉公人はいなかったという。病(や)んで寝ついていた父子がどんな暮らしをしていたか、推して知るべしだ。

淋しい葬斂にやって来たのは、米屋、八百屋、煮売屋(にうりや)。そこに薬屋があらわれると、商売人たちは借銭(しゃくせん)の催促合戦をはじめだした。

「うちは十一両と二分。二年分の薬代です」

「薬屋さんの額が多いのは分かるが、担ぎの煮売にとって、一両もの借りは大きいんだ」

八百屋に米屋まで加わると、菩提寺の坊主までが口を開いた。

「となりますと、布施のほうは――」

経なんぞ読んではいられないと、喪主の香四郎を見込んで居直った。

「徳川さまのご家来なれば、弱い者をいじめるような真似はなさるまい」

「まったくですよ。吉井さま、貧しい商人の借銭を踏み倒すなんてことがあっちゃ……」

「事と次第によっては、お恐れながらと訴えることになります」

御家人吉井の借銭が、旗本峰近の立場まで危うくしつつあった。

部屋住が御家人となっても、贅沢はできそうにないようだ。

二十両もの借銭を、今どきの御家人や旗本がどうやって返せよう。

香四郎は声を上げたくなった。

しかし、ここは辛抱である。近い内に始末をつけると頭を下げて、読経はつづけられた。


二日後、茶毘に付した。香四郎がさてどうしたものかと思案しているところへ、夜になって訪ねてきた者がいた。

「吉井の跡を継いだ者だが、ご用は」

「借銭の証文は、ここに持参いたしました」

数枚の紙をヒラヒラさせた四十男は、香四郎を見てニコニコしている。

高利貸なのだろう。強面（こわもて）にならず、やんわりと真綿で首を締めてくるらしい。無礼者と追い返せないこともなかったが、隣近所は似たような御家人の邸（やしき）ばかりで、声を荒らげては吉井の名に瑕（きず）がついてしまう。

夜であれば尚更のこと、世間体を気にしなければならなかった。

でっぷりと太った小柄な男は、福助人形そっくりの大きな顔である。さぞや貸すときは愛嬌（あいきょう）があるのだろうと、銭をつかんだ商人の力を見せつけてきた。

「申しわけないが、何枚もの証文に応える余裕は今のところ……」

「いいえ。これはご当家が借りていた分すべて、どれも支払い済みとさせていただいております」

男は証文を一枚ずつ離し、朱筆が二本引かれていると見せてきた。

「払い終えたのは、実家の峰近か――」

「どちらさまも、台所事情は火の車でございましょう。手前、日本橋堀留町（ほりどめちょう）の平松屋と申す両替商でございます」

大名貸をする札差ほどではないが、両替商も富裕な商家にちがいなかった。

「平松屋どのが、肩代わりしたとなると、さらなる利子が付くか」

「とんでもないこと。失礼ながら、どこに小身（しょうしん）の御家人さまへお貸しする者がございましょう」

香四郎は平松屋がなにを言っているのか、分からなかった。

首を傾（かし）げると、平松屋は手にしていた証文の束（たば）を、破って見せた。

「あっ」

「二十両ばかり、鼻紙同然でございますよ」

言いながら、狭い玄関の上り框（がまち）に腰を下ろすと、平松屋は煙管（きせる）を取り出した。

「居すわっても、一文も出ぬぞ」

「平松屋を名乗って、四代となります。水野さまのご改革では、酷（ひど）い目を見てしまいました……」

話は、水野忠邦の天保の改革となった。

全国が飢饉となったことで、老中首座の忠邦は大きな変革を断行した。

中でも財政に力を入れ、幕臣への借銭を棒引きにする棄捐令（きえんれい）が貸した側の不興を買ったのは、いうまでもなかった。

水野忠邦が去った今、札差や両替商らは巻き返しに出るのだという。

「正直なところ、二度とお貸しいたすつもりはございません……」

言い切った平松屋の目は、凄んでいた。

「申すことは分かったが、当家も幕臣であるが」

「存じております。とはいえ、噂どおりの峰近さまに、安心いたしました」

「先日来、わたしは吉井となっている」

「実は、おねがいに参りましたのでございます。いずれまた峰近の姓に、戻っていただけませんでしょうか」

「冷飯になれと」

「はい。というより、かような小身に甘んじることなく、大身のお旗本になっていただきとうございます」

「万に一つも、あり得ぬ天恵など申すものではない。いつまで待っても、旗本養子の口が掛かるわけもなかろう」

「峰近さま。時世時節は変わりましたのです。贅沢はならぬ、浮かれてはいけない、身分を守り、主家や親に忠孝を尽くせ。これが面白いでしょうか」

「さてな……」

「仕方ないと仰せになりましょうか。五十年ばかりの生涯でございますよ」

「――――」

「昨年の暮より、手前は香四郎さまに目をつけておりました。男盛りの二十二、身の丈五尺八寸、剣術の腕は道場主の折紙つき、押し出し十分の男らしさは、どこへ出しても見劣りいたしません」

香四郎の爪先から頭のてっぺんまで、平松屋は見上げてきた。

「で、わたしにどうしろと申す」

「まずは、この吉井家の御家人株を、手前に売っていただきとうございます」

「買うと申すか、両替商が」

天保となった十五年ほど前から、暮らしに困った小身の御家人は豪商の子を養子に迎えるかたちで、株を手離していた。

「ただし表向き香四郎さまは御家人のまま、市中に遊んで下さいませ」

「申しておることが、分からぬ」

「それでよいのでございます。まずは、滋養をつけ、心身ともに優れた風格ある江戸侍をつくり上げていただきます」

「滋養とは」

「ゆとり、遊び心、洒落っ気、粋、いなせ。ことばなんぞでは語れぬ垢抜けした大人ぶりとでも申しましょうか」

「二十二にもなった冷飯くいに、今更つけられるものであろうか」

「手前の見る限り、峰近香四郎さまはそれを受け入れる器があるようです」

切餅の二十五両を手渡された香四郎は、まず吉原の若竹という見世にあがれと、指示されたのだった。

四

ひと晩の散財で通人になるほど、世の中は甘くない。

しかし、香四郎は初めて揚げた花魁にも、大勢が踊りだした肉林にも、舞い上がることはなかった。

その代わり、当主不在でもぬけの殻となっていた吉井家を訪ねた用人の与兵衛が、香四郎の居どころを探しあてやって来たのである。

もっとも与兵衛のほうは、舞い上がってしまった。

器量という名の人の器には、大小というより、膨らむ余裕の有無があるのかもしれない。

香四郎の目の前の、やわらかそうに膨らんだ南蛮菓子カステラが黄金いろに輝いて見えた。

どんなものかと手を出すと、横あいからも手が伸び、奪われてしまった。

ムフッ。

盗られたと思ったカステラが、香四郎の口を栓いだのだ。初会で枕を交した花魁若紫が、食べさせてくれたのである。

が、息が出来ることにおどろいた。それ以上に、とろけるような甘さが口の中に広がってきた。

「旨い……」

ほかにことばがなかった。

「主さん、わちきにも」

人にも分け与えるのが、身分を取り払う第一歩だったと、香四郎が手に取ろうとすると、強い力で唇を栓がれた。

花魁の口が、カステラを食べていた香四郎の口に重ねられたのである。

「うっ、ぷ」

咽せたのではなく、息苦しくなってきた。

大勢がいる前で、口吸いをされたのだ。

恥ずかしいというより、ばつが悪いという居たたまれない気持ちが、じっとしていた香四郎の尻をむず痒くさせつつあった。

折角の大人ぶりが台無になると、懸命に丹田に力を込めたが、離れてくれない花魁に焦れた。

その刹那、無人のはずの階下に乱暴な足音がいくつか立った。

見世の男衆が立ち上がり、階下を覗く。

「下がっておれ」

立ち上がるのに丁度いいと、花魁を押しのけた香四郎は男衆を差し置いて、大階段を駈けおりた。

侍髷の武士が三人、赤い顔をして二階を睨めつけていた。

「貴様か、女を一人占めした若侍というのは」

朝っぱらから酔っている者に、まともなのはいない。浪人ではなく、浅葱裏と蔑まれる田舎藩士のようである。

香四郎は曲がりなりにも幕臣の端くれであると、高飛車に三人を見下ろした。

が、女物の襦袢一枚に、腰紐一本すらない恰好であることに気づいた。

「あっ」

翻った裾から、いち物がブラリと顔を出した。

下から見上げている侍が、眉を逆立てて怒鳴った。

「大名家江戸藩士を、愚弄してかっ。ここへ来て、謝らんかっ」

腰の太刀を抜き、大階段の手すりを叩いた。

腕の立つ者であれば、スッパリと斬り落とせるだろうが、野良犬一匹さえも始末したことがないのが知れた。

が、酔っているのなら、用心をするに越したことはなかろう。

素手の香四郎である。三人との間合いを確かめながら、ひと足ずつ降りていった。

敵は、徒手空拳の香四郎を、薄笑いで見守っている。

「ふりチン侍。銭で片をつけるつもりであろうが、表に出て土下座してもらわんとな。ふふ、ふ」

もう勝った気でいた。

「仕方ございませぬ。表には出ず、ご一同の前にて両手をつき、お一人一両で、ご容赦ねがえるとありがたい」

一両と聞いて、三人は口の端を上げた。

どこの大名家か分からないが、年に三両ばかりを手にするだけの藩士にちがいないと見た。

「見くびられたものだの、ご同輩。一両や二両ではな……」

「なれば、ここに五両」

香四郎は言いざま、大階段を降りきったところで、丸めた拳(こぶし)を手前にいる侍に突き出した。

一撃。

侍は腰から落ち、手にしていた太刀は香四郎の手に移っていた。

シュッ。

奪った太刀が音を立てて、左脇にいた侍の額を掠(かす)める。

血が吹き上がった。といっても、眉の上を横に引っ掻いたていどのものだが、首から上に出る血はその下より多く鮮やかになる。

「――――」

額から血を吹く者以上に、無傷の三人目が固まった。

鮮血を疾(はし)らせた侍は、見るものすべてが赤くなってフラつき、気を失いかけて顔に拳固を食らった侍の上に、ヨロヨロと重なり落ちた。

勝負はついてしまった。

「やんや、やんや」

二階から見物していた男も女も、香四郎の見事な立ち廻りぶりに芝居のような喝采をした。

「よっ、日本一」

「どうするっ、浅葱裏」

「待ってましたぁ、成田屋」

武士に役者のような屋号はないが、荒事を見せたので団十郎を重ねたのである。

若竹の主人は男衆に向かい、会所の連中を呼んでこいと言ったが、抜き身と赤い血に足を竦ませていた。

男衆の代わりに大階段を軽快に下りたのは、遣手のお櫃だった。

「だらしないことね。赤い血も抜き身も、見慣れているはずじゃありませんか。あら、やだわ。こちら様も、抜き身……」

遣手の目が香四郎の股ぐらに注がれ、ようやく半裸のままでいたのを思い出した。

固まってしまった侍の太刀を取り上げると、すわらせた。

男たちより先に、女たちが降りてきた。

血を流す者の傷口を見る女の横で、気を失った侍の草履を脱がす女もいれば、土足で汚れた板間を拭く女もいる。

「ちょいと、降りてきて縛りなさいよ」

傷口の手当てをはじめた女が、眺めるだけの男衆に声を掛けた。

「縛るてぇのは、傷口か」

「ばっかじゃなかろか。逃げないように、縄をかけるの」

「したことは、ねえ」

「情けないったら、ありいせんわさ」

呆れた女たちは侍の帯を解いて、両手足を縛りはじめた。

どの女も裸のままだった。

が、目のやりどころに困る者などいなかった。

――色気をともなってこその肌ではないゆえ、平気でいるのか……。

香四郎は妙な感心をした。

四郎兵衛会所と呼ぶ廓内の自身番もどきから、屈強な男たちがやってくると、馴れた手つきで会所に運んでいった。

ときに起こることで、それなりの結着がつくとは、若竹の主人のことばだった。

峰近家の用人与兵衛が、知らぬまに失せていた。

「帰ったのか、お守り役は」

「はい。手前が、お声を掛けましてございます」

返事をしたのは、若竹の主人ではなかった。平松屋の盤台顔が、横からあらわれた。

盤台とは碁盤で、大きな平顔を指すことばとなっている。

福助顔は、今朝も笑っていた。

「どうやら日本橋の両替商の、掌に乗せられてしまったようだ」

「まさか。それほどの悪ではありません」

若竹にとって、平松屋は金主になるらしい。出入り勝手となっているのは、廓主人の顔を見るまでもなかった。

「お守り役を、脅したのか」

「脅しはいたしませんで、番頭新造の手で放出したそうでと、囁いただけでございます」

「それを、脅すと申す」

「存じませんでした」

平松屋は、どこまでも惚けた。

「両替商なんぞではなく、闇将軍のようである」

「ほほ、ほっ。これはまた結構な名を頂戴いたしたもの。でしたら手前が河内山宗俊で、香四郎さまに天一坊となっていただくのはいかがでしょう」

「――――」

天一坊の名は、香四郎も知っていた。

八代将軍吉宗のご落胤と偽り、怪僧河内山宗俊とともに江戸城に乗り込んで、幕府を揺るがせた男である。

「面白かろうが、二人とも獄門とされたではないか」

「昨日、申し上げました。短い生涯を、窮屈に暮らすより――」

「桜となって散れか」

「さようでございます。天下を引っくり返そうなどと、物騒な話はいたしません。ほんの少しだけ……」

「少しだけ、分不相応になろうと」

「よくお分かりで。先年のお改革では、手前ども商人は泣かされ、香四郎さまのような人材もまた埋もれさせられましたのではございませんか」

「仇を討つと申すか」

「はい」

真顔で答えた平松屋の目に、揺らぐものはなかった。

「断わる」

香四郎は毅然とことばを返した。

掌に乗って弄ばれるのが、嫌なのだ。

「ご損はさせません」

「損得でなく、今日までの話があまりに上手すぎるのだ。借りた銭は、一生かけても返す。訴え出ても、よい」

「その潔さ。これこそが、今の世になくてはならぬのです」

「馬鹿を申すな。潔いのではなく、向こう見ずなだけであろう」

帰ろうと踵を返した香四郎の前に、平松屋は膝をついて両手を広げた。

「お聞きください。先年のご改革の肝は、異国船の出没が第一でした」

「黒船であったと、申すか……」

平松屋の語る黒船話は、香四郎の耳を疑わせるほどに、おどろかせた。

西の異国では、五十年も前に炭を燃やす力で巨大な船を動かせるようになったという。

それによって遠い国との交易が盛んになり、日本にまでやって来たが、幕府はこれを拒んだと言った。

同じような拒絶を唐国の清がしたところ、戦を仕掛けられた。大砲を撃ち込んだのではなく、阿片という人間を生ける屍としてしまう薬草を秘かに持ち込み、人々を腑抜けにして港そのものを領土にしてしまったのである。

「かの清国は日本の数十倍もの広さと、人を抱える地でございます」

「乗っ取られたと……」

「はい。ところが幕府は、阿片のアの字さえ知らしめようとしませんでした。お旗本の兄上さまでさえ、ご存じないようです」

「――」

「知らせないことで、世間は騒ぎを起こしませんでした。しかし、奥州の湊なり西国の湊から阿片が広まれば、幕府どころか日本六十余州は国を盗られ、われわれは一人残らず異人の下僕になるでしょう」

「…………」

下僕とのことばは、香四郎を仰天させた。

「いかがです。話半分としても、今の幕府は傾きつつあることがお分かりかと思います」

平松屋は、老中の水野忠邦が二年前に罷免となったものの、翌年に復帰したのは阿片の戦に通じていたからと付け加え、ようやく両手を下ろした。

「水野越前どのは、異国との交渉にあたったと」

「そうではなく、おそらく罷免という屈辱を覆さんと、阿片一件を吹聴するぞと脅したのでしょう。老中に戻ったものの、半年余で罷免されたのですから、藪蛇だったようです」

「左様か。幕閣の話は縁遠く、他人事としてしか耳にできなかったが、そなたの話は満更つくりものとは思えぬ。しかし、わたしにどういたせと申すのだ」

「世迷い言と笑われるかもしれませんが、このままでは幕府は混乱し、国じゅうが東西に割れて戦になりかねません」

「関ヶ原か」

「その隙に異国が、乗じます」

「どういたせば」

「有能なる人材の登用に、香四郎さまが加わるのです」

「できるとは思えぬ。そなたは、わたしを買い被りすぎではないか」

「いいえ。両替商の平松屋、一度とて人を見損なったことはありません」

言い切った目の奥が、凄みを帯びた光を放った。

「わたしに、平松屋の言うなりになれと」

「とんでもない。手前は出世のお膳立てをいたすだけ。香四郎さまは就いた御役で、国を守るための精進をねがいます。決して横車を押すようなことは、致しません……」

平松屋は這いつくばって、目を上げた。

香四郎の目と合ったが、とても敵わない強さが放たれていた。

「――――」

そのとき階下から、遣手お榧の胴間声が上がった。

「さぁさ、お客さまですよ。商売、々」

「はい、はぁい」

二階から黄色い声が返され、昼客の到来が知れた。

化粧して髪の物を挿した女たちが、降りてゆく。それを見ながら、平松屋はつぶやいた。

「人生五十年、とは並の者にしか充てはまりません。あの女たちは、三十を迎える前に人生を終えます。花火のように」

「………」

香四郎は気の利いた返事ができなかった。

「下剋上、わるいことばではないと思います」

納得してくれましたねと、平松屋は廓見世の大階段を降りていった。

その背越しに、仕事にかかる女たちの姿が見えた。

女郎とおのれとを、比べたわけではない。しかし、嘆くことも知らない女が健気に生きんがために働く姿は、香四郎にはまぶしく映ってきた。

五

居つづけしなしゃんせと、枕を交した若紫にねだられたが、香四郎は無人の御家人邸を二日も空けるわけにはと、上野山下の吉井家に向かった。

「はて、通りをちがえたか……」

御家人ばかりの屋敷街であれば、どこも大きな差はない。かたちばかりの門は添え木に支えられ、割れたところには板が打ちつけられているのだ。

この辺りは将軍家の菩提所寛永寺を仰ぎ見る一帯で、御城と異なり守るべきものは上様ではなく、代々の位牌と京の都から送られてきた門跡の輪王寺宮という法親王しかいなかった。

手っ取り早く言うなら、守り損なっても仕方ない地である。その結果、下級の御家人ばかりが住むところとなっていた。

香四郎は路地を移り、わが家を探した。

「失せたということになると、早々に悪所通いが知るところとなり……。それとも、今朝の乱行が露見したか」

退治した三人が老中家の藩士であったら、百俵の御家人の首を飛ばすくらいわけもないことである。

甲府勤番という左遷が、香四郎の頭をよぎった。

寛永寺を守るよりも疎んじられる甲府行きは、島流しに近いのだ。

御家断絶となる一歩手前で、送り込まれたら最後、生涯どころか代々甲州にとどまらざるを得ないのが甲府勤番と言われていた。

両替商平松屋の励ましに勇んだ香四郎だが、下剋上どころか幽閉同様になるのかと、目を泳がせた。

どこにも、おのれの邸はなかった。

狐につままれた気にさせられ、右往左往をくり返した。

「ご無礼ながら峰近、いえ吉井さまではありませんか」

年若な侍は、若衆を見るようだった。猿若町の芝居小屋に暮らし、男色にも応えるというのが役者であるが、本物の武士であることは、紋を見て知れた。が、見憶えがない。親戚の子が、元服をしたのだろうか。

「吉井だが、そなたは」

「はい。五月女寅之丞と申し、本日より吉井家の小姓にあがりましてございます」

「なんと。わたしの小姓に、そなたが……。ということは、尻奉公を――」

「しりと申されますのは、なんでございますか」

「敵陣における武将の夜伽役として、召し出される小姓である。今から申しておくが、わたしには無用である。興味は、ない」

寅之丞は青くなって、身ぶるいをした。

「わたくしは、尻を貸すために送り込まれたのでしょうか」

「誰が、送り込んで参った」

「平松屋の伝助です」

「福助ではなく、伝助と申すのか、両替商の主の名は。寅之丞とやら、幸いであったな。わたしは甲府勤番となるようだが、そなたは甲州にまで従う必要はないぞ」

「どなたが甲府へ、参られますのですか。吉井さまは無役の小普請組から、西ノ丸徒目付心得となったと聞いております」

「――――」

信じがたい話が出て、香四郎は耳を疑った。

徒目付は七、八十名おり、江戸城を出入りする者の監視をし、交代で宿直をするのだが、西ノ丸は将軍家世子の居城であるため、少し格下ではあった。それでも八十俵の役料が加わるはずで、心得とはいえ、暮らしは楽になる。

が、昨日の今日どころか、今朝の今である。いくらなんでも平松屋がと、首を傾げざるを得なかった。

「すぐには信じないでしょうと、伝助は申しましたが、年末から奔走（ほんそう）していたそうで、若年寄さまの裁可は下りているそうです」

香四郎はため息をついた。自分の知らない内に、見えないところで画策されていたのだ。

それも町人でしかない両替商が、幕臣の任免に手を付けた。

――もう、幕府は従前のとおりではなくなったのか……。

平松屋伝助の言った下剋上が、はじまっている。

武者ぶるいをしそうになった香四郎に、寅之丞はあれをご覧くださいと指さした。

女のような指の先に、真新しい板塀（いたべい）があり、見越しの松が職人の手で立ち上がった。

「西ノ丸目付心得、吉井さまの邸でございます」

たった一日で門柱まで新しくなった家に、生まれ変わっていたのである。

分からずに迷ったのは、その所為（せい）だった。

門の前に立つと、勇み肌というのだろう歌川国芳（うたがわくによし）の描く武者絵が背なか一面に躍っている鳶（とび）の男どもが、一斉に手を休めてあつまってきた。

「町火消、は組の者でございます。本日より、殿さまと呼ばせていただきます」

は組の頭は、みずから辰七と名乗り、どんな御用をも承りますと腰を低くした。

吉井香四郎となった初日に、小姓と手下が数十人できたのである。

嬉しいとか有難いとか、あるいは煩わしいとか重苦しいとか、そういった自身の心持ちで推し量れないところに立たされたことを知った。

「天恵ならぬ、天啓であったか」

香四郎のつぶやきに、辰七が口を尖らせて言い返した。

「弁慶は、いけませんや。殿さまには、まず牛若丸になっていただきましょう」

「わたしが牛若丸というなら、平松屋伝助は金売り吉次か」

「へい。奥州産出の金でもって、九郎判官義経を仕立て上げた商人でござんすね。非業の最期てぇのも、素敵でさぁ」

火消人足は、死ぬことを美しいと讃えた。

義経は落人となった。しかし、今もって武士の鑑と祀られている人物ではないか。

下剋上と牛若丸。

この二つをもって、香四郎は両替商の敷いた道のとば口に立った。

怖れるものなど、一つとしてない。
廓の女たちが恥も外聞も捨てて踊っていたように、思うまま暴れてみよう。
玄関に立った。
鼠が横切り、おどろかせてくれた。
「忠（チュウ）」と鳴いた気がした。

〈二〉城は廓で、人は悪

一

旗本の四男坊が、百俵二人扶持の御家人とはいえ、西ノ丸徒目付に抜擢されたというのであれば、敵が生まれた。

身近な者の出世は、嫉妬となった。

「峰近のやつ、いきなり徒目付になったそうではないか」

「なぁに西ノ丸の、それも心得という見習にすぎぬのであろう」

「役料八十俵が、加わったのだぞ。それに若い小姓まで、雇ったらしい」

このあいだまで香四郎と一緒につるんでいた道場仲間は、眦を決して言いあった。

「木偶の坊を装って、ちゃっかり袖の下を運び込んでいたってことか」

「とはいうが、実家も、養子となった吉井家も、台所は火の車。番町の邸を見れば、懐が淋しいのは一目瞭然ではないか」

「いやいや、切り詰めて切り詰めて、蓄えたものを吐き出したのかもしれん」

「吐き出したところで、袖の下を贈る相手など今のご時勢どこにおる」

天保の改革を強引に推し進めた水野越前守忠邦は老中を罷免され、水野家の江戸藩邸は投石される憂き目を見ているのだ。

新しく幕閣を束ねるのは、清廉潔白を自他ともに認める阿部伊勢守正弘となった。

同時に要職の大半が入れ替えとなり、袖の下を通そうにも上役への筋を辿れない新体制となっていた。

一人が腹立たしげに小石を蹴った。草履までが飛んで、道端に休んでいた町人の胸に当たる。

「なにしやがんでいっ」

蹴った草履は、怒り声とともに投げ返された。

コツン。

飛ばした侍の額に、過たず当たった。

「無礼者。武士を愚弄いたすとは、赦せんっ」

道の中ほどと端、男同士が火花を散らすかと、通りを歩く者は三歩四歩と引き退った。

部屋住の侍は、四人。一方の町人は二人づれ。

誰の目にも、腰に人斬り庖丁の四人づれのほうに分がありそうに見えた。

が、立ち上がった町人の顔は、赤々と燃えていた。

「なんだと、三一野郎っ。無礼てぇのは、てめえのほうだろうが」

言ったなり、片肌ぬぎとなると、目にも鮮やかな牡丹の彫物が怒りに赤さを増してきた。

「おっ。ひ、火消どのか――」

肩脱ぎした印半纏には組の文字が、これ見よがしに躍っているのを見た幕臣の伜は、おどろく以上に怯んでしまった。

江戸の勇み肌、町火消のお兄ぃさんなのである。

無礼討ちと、斬り捨てられないことはない。なんてことは、なかった。

二百年も昔であれば、旗本奴と呼ばれた無頼の侍が街なかを歩くだけで、町人たちは道の端に寄ったという。

ところが今や三両一人扶持を略して、三一と蔑まれる幕臣の部屋住たちと成り下がっていた。

反対に伸していたのが、町奴のほうだった。といっても、侠客をみずから任じる博徒ではない。

江戸市中では町火消と大名火消の臥煙が、奴の役を引き受けていた。

奴といっても下僕ではなく、男伊達を謳い上げる傾奇者の火消だった。

礼を重んじ、義に厚く、情に脆い。

これに加えて、腕っぷしが強くて度胸がある。男の中の男と、誰もが頼りにした。

投げ返された草履に足をのせ、すごすごと背なかを見せる武家の子弟は、通行人たちにまで気の毒なとの目を向けられていた。

改築なった上野山下の吉井邸に、目付心得を拝命した香四郎は、実家の主である長兄の慎一郎の前でうつむいていた。

「吉井の大叔父が賜った徒目付役であって、おまえが摑みとった御役ではなかろう。にもかかわらず、悪所の廓見世に出入りしておるとは、なにごとなるや」

叱責をする兄だが、声は体つきに似て細かった。

「いえ、吉原より帰ったところに、目付心得の拝命がありましたわけでして――」

「馬鹿を申せ。御役を賜る前、部屋住がいきなり百俵の御家人となったを幸いに、女あそびなんぞにうつつを抜かすのはおかしいと申しておるのだ」

「まことに、面目次第もございません。この後は西ノ丸徒目付の御役に恥じぬよう、兄上の名も汚さず、一にも二にも精進をいたす所存にございます」

香四郎は眉を寄せると下を向き、見えないところで小さく舌を出した。

「分かっておるならよいが、なにごとも噂が噂を呼ぶ世である。生真面目いっぽうと言われたおまえが、百俵取りの御家人となり、役料八十俵までが加わったとたん浮かれていると耳にして、駈けつけた私の身になってくれ」

峰近家の棟梁である慎一郎は、それだけ言うと帰っていった。

茶菓子の仕度をしてくれた寅之丞が、兄を見送って戻った香四郎に笑い掛けた。

「家名に瑕がつくとか、祖先に申しわけがないとか、ご実家の話は今どき古くさいですね」

「元服したばかりというに、おまえは達観した物言いをいたす。誰の教えだ」

「教えられたのなら平松屋でしょうが、口に出してくれはしません」

「見よう見まねということか、守銭奴の」

「香四郎さまのほうこそ、守銭奴などと峻烈な物言いをなさいます。御家人株を買い、西ノ丸とはいえ目付役をもたらした平松屋ではありませんか」

「言いすぎと申すか、寅」

「返答はいたしかねますが、当たらずとも遠からじです」

　新しい主従は、笑いあった。

　青天の霹靂といってもよい棚ぼたではあったが、両替商ともあろう男が、欲もなく人助けまがいをするはずはなく、深慮遠謀が隠されているにちがいあるまい。

　どんな遠謀か分からないが、成功するとの見込みもないというのにである。

　しかし、平松屋伝助の言った五十年ばかりの人生を面白おかしく、とのことばだけは耳に強く残っていた。

　乗れるところまで、乗ってやる。

　両替商の担ぎ上げた神輿に、香四郎は乗ってみると決めたのだ。

　目の前にいる寅之丞も、同じ考えでいるらしい。

「寅。平松屋を、われらなりに調べてみなければならぬな」

「狸を相手にするなら、こちらも狐になるつもりと……。どちらも、人がわるくなりそうです」

「左様。人はわるい。が、弘化となった今、どこに人の好い者がおる。いると申すなら、挙げてみよ」

「確かに。幕閣から市井の町人、寺社に身を置く連中に至るまで、見出せません」

「損得とは申さぬ。されど、狐狸妖怪を相手に真人間になったところで、打ち克てるとは思えぬ。寅、二人して悪党になろうではないか」

「殿。どこまでも、お供つかまつります」

ふたたび笑いあった。

本来の悪党とは古いことばで、秩序を打破する者をいう。南北朝のとき後醍醐帝に随った楠木正成がそれにあたり、今は忠臣の鑑とされていた。

神出鬼没にして縦横無尽の働きをした楠公は、ときの足利幕府に盾を突きつづけたことで名をなしたのである。

主従の深い約束を交した香四郎と寅之丞ではなかったが、小間使い役から、剣術の稽古、来客の応接まで、知らぬうち吉井家に居ついているのだ。

それがどうやら小姓として、正式に奉公するとなるようで嬉しくなってきた。

表に声が立った。

「いらっしゃいますか、殿様」

低く渋いが張りのある声の主は、町火消は組の頭辰七とすぐに知れた。

「頭か。入ってくれ」

「へへへ、言われなくとも、上がっちまいました。よろしいでしょうね、殿様の家来になったってことで」

「家来とは、大袈裟であろう。町奉行の下にある火消が、御家人の手下になるわけには行くまい」

「町火消五十余組、ひとりとして奉行の家来と思う野郎なんぞござんせんや。忠義を立てるのは一人、それがあっしらの心意気ってやつでさぁね」

「その相手。辰七の主人は、平松屋ではなかったか」

「平松屋伝助の旦那は、後援者とでも言いましょうか、は組の銭函です」

「思いの外、冷めておるのだな」

「へい。殿様同様、あっしも悪党でございます」

「………」

主従の話は、聞かれていた。

「江戸っ子は五月の鯉の吹流し、口先ばかりで腸はなしってやつですがね」

五十に近い辰七と見たが、威勢のよさは三十男と変わらない。

巷で言うところの、火消の頭は死に損ないであるなら、仲間に先立たれ悔しい思いで生きつづけているのだろう。悔しさは、意地という若さに通じるようだ。

なまじな侍の何十倍も、肚が据わっているにちがいなかった。

死を怖れず、銭に頭を下げない男伊達は、町奴の鑑だった。

「辰七は、幡随院長兵衛というわけか」

「ご冗談を。幡随院はあっしらの神様みてぇなもので、せめてなりたや助六に、でさぁね」

歌舞伎芝居の『助六所縁江戸桜』の主人公だが、実在の侠客だったとの説を認めたいようである。

「花川戸の助六は、二枚目です。頭とは、ちがいすぎる気が――」

「ふん」

寅之丞のひと言を、辰七は鼻であしらった。

侍の子が芝居を観るなんざ、十年早いと言いたげに見えた。

「頭にうかがいたい。平松屋の主はどんな男です」

「やっぱりね。ご主人さまを掌で弄ぶ日本橋の両替商が気になりますかい、寅之丞さまも」

辰七は寅之丞と香四郎とを見比べながら、帰ったばかりの実家の兄が手をつけなかった菓子を口に入れると、胡座をかいた。

「平松屋の旦那は、日本橋に両替の店を出した二代目。その前は甲州のほうで、造酒屋を営んでいたんだそうです。本人が四代目と言ってますから、酒屋も両替も二代ってことになります。ところが、甲州では平松の名をもつ酒屋はなかったと、うちの組の若ぇのが帰ってきました」

「………」

町を預かる火消として、辰七は身元調べをしていたのである。

「いいこととは思わねえが、日本橋堀留町では五番と下らない富裕を誇る平松屋であり、町内の催しには決まって大枚をはたく大店ですからねぇ。たまには甲州の墓に線香の一本でもと、若ぇのを送ったんですが……」

「嘘であったか、甲州というのは」

「分からねえ。といって、平松屋の旦那に訊ねるわけにはいきませんや」

鑑札を必要とする両替商は、なにを措いても身元が確かでなくてはならない。

これに公正さと豊富な財力が、あってこその営みのはずだ。

なにかある。

三人とも同時に思い描いたが、口には出さなかった。

悪党ではなく、平松屋は悪人かと一致することで、辰七には町内が、寅之丞には自分が随う殿が、香四郎には下剋上への憧れのようなものが、それぞれ崩れたり失せるのではないかとの懸念がよぎったからである。

「今少し、泳がせるほかあるまい」

「泳がせるなんぞと殿様は仰言いますが、平松屋の旦那が将軍御用の隠密だとしたら、どうなさいます」

「であるなら、相討ちの対手として申し分あるまい」

言い切った香四郎に、辰七は膝を叩いて喜んだ。

「ひゃっ、ひゃっ、ひゃ。これぞ侍、旗本奴、お武家の鑑だ。こいつは、面白ぇ。殿様、三途の川の渡しにはご一緒しますぜ」

御家人の香四郎に、五十人近い火消の手足まで生まれた日となった。

二

香四郎に西ノ丸への登城が命じられたのは、やわらかな春雨の音が、直したばかりで新しくなった軒に、心地よく叩かれる夕暮どきのことだった。

西ノ丸徒目付頭の使者が、奉書紙に書かれた一文を客間の上座に立って読み上げた。

「御家人吉井香四郎、明朝五ツ刻、西ノ丸御玄関口に登城、目付心得の拝命ならびに御役の仔細を申し渡す」

「吉井香四郎、畏まって承りました。して、西ノ丸御玄関までは、いかように参ればよろしいのでございましょう」

「江戸城どこの口であっても、そなたの名は伝えてある。番士の命ずるまま参ればよい」

「はっ。して、持参いたすものは」

「実家に訊いて参れ。以上」

使者は帰った。

香四郎は寅之丞を呼び、すぐに実家の峰近へ行き、訊いてくるよう命じた。

「上役への手土産もと言われるようでしたら、その足で平松屋へ行って参ります」

「うむ。そうしてくれ」

兄の慎一郎なり用人の与兵衛に訊くより、世事に長けた平松屋に行ったほうがと迷ったものの、実家の顔を立てるのも意味があると、二ヶ所とも行けと申しつけた。

上野寛永寺の晩鐘に送り出される恰好で、寅之丞は傘をさして出ていった。

寅之丞が仕度した夕餉の箸を、取ったとたんのことである。

ドタ、バタン。

「投石か——」

失脚した老中の水野越前守の屋敷がそうであったように、冷飯くいの四男坊が御役を得ても同じ目に遭うのだろうかと、香四郎は立ち上がった。

音を立てたのは表の木戸で、玄関先から見えた狼藉者は小さく、子どものようである。

道場仲間による子どもを使ってのいたずらなら、酔った上でのことにちがいなく、ひとつ脅してやらねば。

香四郎は庭下駄をつっかけ、外に出た。

小さな足が木戸を蹴っているらしく、駄賃をもらったにせよ、その懸命さがいじらしく思えた。

悪になりきれない香四郎だった。

「これ、子ども。左様に乱暴をいたすでない。開けてやるゆえ、言いたいことを申せ。世間が、迷惑をいたすではないか」

「人でなし、香四郎。気後れしてか、江戸侍っ」

「――」

よく分からない台詞である。裏から手を廻して御役に就いたことを突くなら、気後れのことばはなかろう。

「小僧、ことばをまちがえたか」

どんな子だろうかと、木戸口の隙間に目をつけて覗くと、鼻たれ小僧ではなく、派手な姿をした小娘だったことにおどろいた。

裾をたくし上げ、木履をさかんに打ちつけている。

――平松屋の娘の、いや孫娘……。

香四郎が女と子どもに弱いと知って、あえて小娘を寄こしたにしては、念が入りすぎていた。

木戸の閂を外し、香四郎は膝を曲げて面と向かった。

パシッ。

小さな掌が頬に飛んできたが、叱る気も起きなかったのも、昔からの癖である。

「娘御。唾も吐きかけろと、言われてきたかな」

「ヘッ」

吐きかける唾は、喉が渇いているらしく、出されることなく済んだ。

抱き上げると、手足をバタつかせた。

六つか七つ。目鼻だちの整った商家の娘は、気の強さだけは一人前のようである。

「おまえさんに頼みごとをしたのは、どこのお人かな。平松屋、それとも旗本の小倅か」

やさしく訊ねたつもりだったが、小娘は目を吊り上げて言い放った。

「若紫の、姉さまぇ」

「よ、吉原から、一人でやって参ったのか……」

呆(あき)れるほど仰天したのは、禿(かむろ)と呼ぶ花魁(おいらん)付きの童女を寄越す廓見世(くるわみせ)の神経にである。

「怖くなかったか」

可愛い娘は拐(かどわか)しや人攫(ひとさら)いに遭う危険だらけの、大江戸となっている。

わけの分からないまま、言われたとおりのことをやってのけたのだろう。

香四郎はいじらしくなってしまった。

「もうじき暗くなる。わたしが送ってしんぜよう。夕餉は、どうだ。お腹が空いておらぬか」

「夕方、いただいてありいす」

「なれば、菓子をやろう。羊羹(ようかん)も有平糖(あるへいとう)もある」

客間に置かれてあった菓子鉢と一緒に、香四郎は禿を抱えながら邸(やしき)を出た。

雨は止(や)んでいた。

上野山下の吉井家から吉原の里までは、四半刻(しはんとき)ほどの道のりである。

暗くなったことで、人目を気にすることなく武家の屋敷街を出てゆくことができた。

それにしてもと、香四郎は廓の新しいやり口に舌を巻いた。

子どもを出汁にして、客を迎えに寄越すことにだ。

女商売だけは、まさしく水ものにちがいなかった。

水は方円の器に随うほど柔軟だが、器という場に客を引き入れるまでが厄介なのである。

ところが今、香四郎という上客は難なく手繰り寄せられてしまった。

行きたくないとか、今日は止そうという気を超越した手口は、呑みたくない水まで腹に納めさせられ、安くない代価を払わされることになりそうだ。

怖るべし、吉原。

そう思ったとたん天下の色里は官許、すなわち幕府の支配下にあることを思い出した。

聞いた話だが、吉原が幕府へ納める運上金は、大名貸をする札差のそれと、双璧をなすという。

数千の遊女、日に万を超える客が集い、飲み食いや綺羅を尽くした衣裳までもが粋や通に適ったものを客にまで求める廓となれば、江戸中で使われる贅沢の大半は、吉原に関わるものだろう。

——幕府は巧妙に銭を吸い上げていたか……。

奢侈禁令で贅沢は無駄と言いつつ、裏でこっそりと使わせる仕組みを、長いことつづけてきたのだ。

馬鹿ばかしくて、腹も立たなかった。

抱きかかえていた禿は、眠ってしまっていた。

いつのまにか町々の店の大戸が閉まり、下弦の月がほのかに通りを照らし、前方の小高いところの色里の赤い灯が、おいでおいでと手招きをして見えた。

香四郎は二十二になっている。先夜の花魁若紫が、筆おろしの相手であったわけではない。

旗本の次男三男が通うところは、深川と決まっていた。

品川や千住、内藤新宿にまで足を伸ばす者もいないではなかったが、身分はあっても銭のない侍を相手にしてくれる岡場所が深川だった。

もっとも、香四郎は用だけ済むと追い出される岡場所に、馴染めなかったのである。

「冷飯くいの部屋住の身が、贅沢を申すな」

年長の者に諭され、四度ほど通っている内に、情けなさが募ってきた。

通う仲間すべて、生涯ずっと独り身で暮らす者が多いのだ。

女に、嫁かず後家のことばがあるのは知っていたが、男の自分がそうなるとは考えもしなかった。

妻を娶り、子をなすばかりが人生とは思わない。しかし、兄の所帯の片隅に、申しわけなさそうにいるおのれの姿が堪らなくなってきたのである。

武士でなく、百姓や町人であれば、たとえ引っ付きあいの野合でも、所帯を持てるのだ。

香四郎はほんのひと月ほど前まで、武士身分を離れ、町人相手の剣術道場なり寺子屋の師匠になるつもりでいた。

それらしい試しも、何度かやった。が、当主である兄に顔をしかめられた。

浪人のようでみっともないと、親戚が言い出したというのだった。

どうしたものかと思い詰めていたときに舞い込んだのが、遠縁となる御家人の継嗣話である。

その御家人株に目をつけていた両替商が言った「下剋上」のことばに、香四郎の身が中から燃えてしまった。

吉原大門をくぐろうとしたとき、横あいから干涸びた四十女があらわれた。

「ご苦労でござんしたぇ」

廓見世若竹（わかたけ）の遣手（やりて）、お榧（かや）である。

香四郎は禿を送ってきたことに礼を言われたのかと、うなずいた。

ところが、遣手は眠ってしまった禿を受け取って立たせると、偉い偉いと頭をなでた。

「ご苦労とは、わたしにではないのか」

「香さま、なにを仰言（おっしゃ）いますやら。牛に曳かれて善光寺参りならぬ、禿につられて吉原通いじゃありますわいね」

「申しておかねばならぬが、幼い子どもを一人で使いに出すのは、よろしくないぞ」

「どこに、可愛い禿を外出させる者がありますものか。ちゃんと、あたしが陰日向（かげひなた）となって随（つ）いておりましたですよ」

「お榧、おったのか……」

なれば帰ると踵（きびす）を返そうとした香四郎の周りを、四人もの振袖新造（ふりそでしんぞ）が取り囲んでいた。

「吉井の香さま。花魁がお待ちでありんす」

「……………」

香四郎は廓から、出てゆくわけにいかなくなってしまった。

「主さん、なにゆえ浮気なんぞ」

若竹にあがると、禿に人でなしと言わせた理由が知れてきた。

敵娼となった若紫花魁のもとへ、女文字の投げ文がもたらされ、香四郎が他所見世の花魁に懸想しているとしたためられていたのだったという。

ひと昔前までなら、同じ廓内で敵娼を替える浮気は御法度とされ、女たちから手酷い仕打ちがなされるものと決まっていた。

が、今や他人のものを盗るのは、盗られるほうが間抜けと笑われる色里になっているのだ。

「ここにも、下剋上がはじまったか」

「げこく、じょう……」

「乱世ということだ」

若紫はよく呑み込めないようだったが、投げ文は誰かと詰め寄ってきた。

「わたしに関わりはない。浮気をしようにも、先夜以来、一歩もここへ足を踏み入れておらぬ」

言ったものの、香四郎には仕掛けた者は平松屋の伝助にちがいないと、見当をつけた。

――ほかに、おるまい。

ただし、伝助の仕掛けた理由が呑み込めなかった。それもまた気にするものでもないかと、香四郎は名実ともに江戸っ子侍になるつもりで北叟笑んだ。

江戸っ子侍とは、耳障りがよかった。

が、瘠せ我慢の厳しさを、二十二歳の若造はこの先々たっぷりと味わうことを、このときはまだ知るよしもない春三月である。

三

翌朝。といっても夜明けの六ツ刻、香四郎は首のあたりに纏わりついていた温かい女の手の感触を拭いながら、上野山下の自邸に帰ってきた。

五ツ刻に江戸城の西ノ丸玄関に、いなくてはならないのだ。

出世の第一歩を、遅れることで踏み外すわけにはいかなかった。

注意したつもりでいる。

香四郎はかつて深川の岡場所帰りの朝、兄に首筋の口吸い跡を指摘されたことがあった。

「旗本の子ゆえ、とは言わぬ。男たるもの、左様な濡れ瑕を見えるところに付着させるは、情けないと思うようになれ」

泣きそうな顔をした兄を見て、自戒するようになった。

小姓を任じる寅之丞が、正装の紋付に羽織袴を用意して待っていた。

「お早い帰りで」

「皮肉を申す。元服したばかりの小姓が、主を揶揄うものではない」

「いいえ。ご実家で、香四郎さまへはたっぷり嫌味をと、言われて参りましたのです」

笑った寅之丞は、手際よく香四郎の着替えを手伝ってくれた。

「初登城に土産は無用と、平松屋から聞いてきたようであるな」

「はい。百俵の御家人ごときに、持参して喜ばれる物などないとの話でした。あるとすれば、美形の娘を奥向に差出すことくらいだそうです」

「御城は廓か」

「なにを仰せです、殿。吉原こそ、不夜城でありましょう」

「…………」

端くれといえども、幕臣の口にすることばではなかった。

——世の中は、変わる。

若い御家人主従のおしゃべりの中にこうしたやりとりが出ることなど、去年までなかったことだった。

「辻駕籠ではありますが、乗物で登城いたすよう、ご実家より承っております。まもなく参るはず——」

寅之丞のことばが終わらない内、駕籠舁があらわれた。

朝餉は食べていない。というのも、初登城はなにがあるか分からないというのが、決まりごとのようになっていたからである。

兄に教えられていた。

あり得ない話だが、将軍の逆鱗に触れて切腹を賜った折、腹から食べたばかりの物が出るのは、不作法とされるのだ。

これもいずれ改められるかもしれないが、初日だけは従前の作法に則るつもりでだった。

後朝の別れでありいすと、若紫が胡麻豆腐を口移ししようとしてきたのを、香四郎は受けたが呑み込まずにいた。

厠で吐き出し、廓見世若竹を出てきたのである。

「では、行って参る」

香四郎は、寅之丞に笑い掛けた。

「上々の首尾を、心待ちいたしております」

「挨拶だけだ。わたしは用部屋の拭き掃除を、させられるかもしれぬ」

安っぽい駕籠の垂れが下ろされ、香四郎は目を閉じた。

なにも考えるべきではないと思っても、いま別れてきた花魁の眉が力んでいた様がうかび、そこに遣手お榧の歯の欠けた笑顔が重なり、男衆の揃えた草履が生温かかったことまでが思い出せる。

次に実家の兄の気づかっている様子を見せる瘠せた肩、両替商平松屋のどう見ても笑っていない福助顔、火消頭の辰七の四角いあごは何事にも動じないと見せているのが甦ってきた。

その中にあって、香四郎ひとりだけが水草のように漂っていることに気づいた。

「まだ、なにひとつしておらぬ……」

揺れる駕籠の中で、つぶやいた。

駕籠舁ふたりが、声を掛けあって担いでいる。その声に重なったのは、禿の懸命な姿だった。

「エイ、ホ」

「エイッ、ホッ」

まぎれもなく生きているのは、あっちであろう。

十日前までの香四郎であったら、登城を止めて野に下ったかもしれない。

が、料簡をよろしくない悪党のほうに改めてしまった香四郎は、それをよしとしなくなっていた。

おのれの欲ではない。ひたすら生きるこうした者たちを、少しでも楽にしてやりたいの一心だった。

水野忠邦の改革は頓挫した。しかし、代わってあらわれた老中らは、改革に手を貸した者たちの処分に大わらわとなっているだけである。

米の値は、まだ下がっていない。

西ノ丸徒目付心得の香四郎ごときに、できることは高が知れていよう。それでも、気後れするものかと奥歯をかみしめた。

「旦那。御城の大手門前でございますが」

駕籠舁に言われ、香四郎は外に出ようとした。そこへ、番士が声を掛けてきた。

「貴殿の、名を」

「吉井香四郎でござる」

「聞いておりまする。ここより南の西ノ丸大手口よりお入りいただき、中御門へ。そこから二重橋を渡ります。あとは番方の者が案内するまま、西ノ丸玄関に向かっていただきたい。そこで目付方へと指図されまする」

それだけ言うと、番士は交替すべく走り去った。

天保の改革の嵐がおさまって、幕臣の入替えがはじまったのだろう。香四郎のような新参者は、大勢いるようだった。

四

西ノ丸の主は、将軍家慶の四男で家祥である。幼名を政之助、兄弟は多かったが、成人したのは一人だけと聞いていた。

末席ながら、吉井香四郎は将軍世子の直臣として名を連ねることになるのだ。

巨大な伽藍を思わせる表玄関に、いきなり圧倒された。

高すぎる天井は、中から長槍を働かせるに充分であることを誇示し、容易に攻めさせない様子を見せていた。

広い玄関口に誰もいないと思うのは心得のない者で、多少なりとも武芸に長ける香四郎には、あちこちに目や耳がひそんでいるのが分かった。

香四郎はまたもや、吉原の廓と比べた。どちらも、万を数える者が、常にいるのだ。

廓は城も色里も同じと口に出せば、叱責されるにちがいないと考えながら、鶯張りと呼ばれる音のする広い廊下を、番士に従って進んでいた。しだれ桜が描かれた大きな襖の前で、止まるよう命じられた。

あわてた。玄関からここまでの道順を、まったく頭に入れてなかったのである。次に登城の命が下っても、辿り着けないどころか、下城せよと言われても帰れないではないか。

街道にある標石のような目印があればと、今さらながら迂闊さを悔やんだ。

「吉井香四郎どのが、参りましてございます」

「うむ。中へ」

音もなく大襖が開かれ、香四郎は作法どおり正座して、敷居の前にかしこまった。

「面を上げるがよい。西ノ丸徒目付頭、佐々木重成と申す。そなたは旗本峰近どのの、末弟であったな」

「はっ。縁あって、縁戚の吉井を継ぎました。御役を初めて拝命し、右も左も分からぬ不束者でございます。以後よろしく御鞭撻のほど――」

「挨拶は、よい。早速に、用を務めてもらいたい」

言ったなり、目付頭は文箱の中から一枚の紙を取り出した。

みずから描いたと思われる絵図が、香四郎の前に拡げられた。

「武州葛飾郡の幸手と申す村が、ここ。そなたの手始めは、巡検である」

「巡検となりますと、隠密役でございますか」

「左様に大袈裟なことではなく、物見遊山とは申さぬが、ふらりと旅に出たといった風情で見て参れ」

「いつまでとの括りは、ございますでしょうか」

「半月ほどかな。おぬしの裁量に任せる。よろしく」

惚けた顔をした佐々木は、適当にやっておけの目を向け、脇に置いてあった碁盤を引き出し、定石集の束を手にした。

おれの道楽だと、目で言っている。邪魔をしてくれるなと、香四郎をあごで追いやった。

十畳の部屋にいたのは、目付頭だけのようだ。作法以上の一礼をした香四郎は、部屋を出た。

将軍家慶は健在である。西ノ丸の世子が将軍になるのは、当分先のことだろう。西ノ丸に出仕している者は、精励しようとは思わない——、などと思いちがいをする香四郎ではなかった。

勘によるものでなく、ここへ至るまでの筋道を考えてのことである。

平松屋の伝助が、峰近香四郎という旗本の四男坊を見込んだのは、一にも二にも世に出てほしいからのはずだ。

愚かな幕臣を香四郎に見せ、あのような愚か者の中なら出世できると、悟らせるところから始めるつもりだろう。

両替商平松屋は、わずか二代で伸してきたのではなかったか。

とするなら、ここにも深謀があるはずだった。

目付頭が見せた昼行灯ぶりは、芝居にちがいあるまい。

「なれば、目付心得のおれも、昼行灯を見せるか」

つぶやいた香四郎は、口を開けて馬鹿づらをして見せた。

「お目付さまには、いかがされましたか」

西ノ丸の茶坊主が、親切ごかしに声を掛けてきた。

「いや、新参者とは恥ずかしいもの。先ほど上がった玄関がどこにあるか、まるで分からぬ……」

「下城なされますか」

「そうなのだが、教えてくれぬか」

「御玄関でございますなら、ここを左に参り、突き当たったところを、右へ。しばらく行くと、竹の茂る絵の大襖が見えまして、それを左に眺めつつ――」

「御坊主、案内をねがえまいか」

香四郎は手を伸ばし、腹の出た茶坊主の袂に重みのある包み紙をもたらした。

江戸城の茶坊主は、吉原の男衆同様なった。銭によって働きを見せたのだ。

考えるまでもなく、城の造りが廓だった。濠で囲み、人の出入りに注意を払う。

元は同じなのだ。しかし、中で働く者は正反対のはずだった。

が、今や区別のつかないほどになっていた……。

「うっかりしておりました。御役をいただいたお方は、初日の登城のみ御玄関。

この後からのお出入りは、御書院口となります」

　こちらですと、茶坊主は袂の重さを確かめながら、香四郎を導いた。

心付（こころづけ）を渡さなければ、玄関で恥をかくところだった。

　知らないはずはない通用口を、教えない。香四郎が失態するのを、面白おかしく眺めようとする。

　恥をかいたと文句を言えば、知っているものとばかり思っておりましたと惚けるにちがいなかろう。

　——同じ目に遭った幕臣が、どれほどいたことか。

　その昔、紀州より上府した父の下で、西ノ丸世子となった家重付の小姓となったのは、田沼意次である。

　父の意行（おきゆき）は、ようやく六百石の旗本になったにすぎなかった。

　意次が大名となるのは、そこから更に二十五年の歳月を要した。

　紀州では足軽の子だった。

　五代綱吉の柳沢吉保、六代家宣の間部詮房（まなべあきふさ）、そして田沼意次の三人が、今太閤の名にふさわしい大出世を遂げている。

　——おれが四人目を狙って、わるいか。

言ってみたかった。

山ほど願って、針ほど叶うのが大望である。

目付の通用口に出た。

「ご足労をかけたが、道順を憶えきれぬ粗忽者である。次も頼まれてはくれぬか」

「はいはい。わたくし、友仙と申します。こちらで呼んでくださりませ」

「そうか。おれは、いや、わたしは吉井香四郎。徒目付心得にすぎぬ若輩者、よろしくな」

多めの心付は効き目があったが、香四郎は自分をおれと言っていたことにおどろいた。

江戸者を気取るつもりはないが、潔いかとこの先も使ってみる気になった。

内桜田御門を出ると、会津藩の上屋敷の塀が目に入ってきた。

大名屋敷を羨ましいとは思わない。いずれ手に入るのであれば、修羅の炎を燃やす相手でもなかった。

「この塀の中の、どれだけの者が異国による阿片侵略を知っているだろう」

口に出したところで、ふり返る者ひとり通っていない大名小路の朝である。葉ばかりとなった桜の木が、むさ苦しいほど繁っていた。

懐には、目付頭の手になる武州絵図がある。

自慢にもならないが、部屋住の身だった香四郎は、江戸府内を出たこともなかった。

武州幸手になにが待ち構えているのか、どんな仕掛けをされているか、香四郎には分からないが、世に出る足掛りにせねばと心した。

北町奉行所のある呉服橋に出て、辻駕籠を拾った。

「上野山下へ」

奉行所の小役人と思われたか、駕籠舁は香四郎をぞんざいに扱った。

町方までも嫌われる江戸なのだ。改革の名で締めつけるのは奉行所で、北も南もなかった。

ましてや幕府など、信じている町人のいるはずがなかった。なにせ、江戸城と吉原は同じなのだから。

山下の吉井邸に戻ると、辰七と寅之丞が話し込んでいた。

「龍と虎では、さぞや勇ましい話となっていたのであろうな」

「お帰りなさいませ。殿、ご首尾は」

「武州の巡検を、いきなり申しつけられた」

「西ノ丸の、挨拶まわりではなかったのですか」

寅之丞が意外そうな顔をすると、辰七が武州のどこかと訊くので、香四郎は持参した絵図を開いて見せた。

「幸手となりますと、坂東太郎の支流で権現堂川ってぇのがございまして、その川沿いですね。数年に一度、大雨のとき水が出ると聞いています」

「田地としては、ありがたくない村となる。年貢の取り立てに、不満が出そうだな」

「殿様は、幸手村に不穏な動きがあると、うかがってきたんですか」

「いや。そうであるなら、西ノ丸の目付でなく、火付盗賊改の出番となろう。おれのほうは、暇ゆえの仕事づくりに思えなくもなかった」

「まさか一揆を煽れと」

寅之丞が頓狂な声を上げると、辰七は目を剝いて眉を吊り上げた。

「一揆は成否にかかわらず、首謀者は獄門。女房や子までもが、惨い目をみる。百姓以外の者は、手助けしてもならねえのですぜ」

若造が利いた口を抜かすなと、辰七は睨んだ。

済まなそうな顔をした寅之丞は、香四郎を見込んできた。

「なんであれ、行かねばならぬようだ。寅、武州の春を旅してみるか」

「はい。路銀は、平松屋に出させます」

「言うことが早いな。寅は如才ない」

「それを仰せなら、気働きがよいと言い換えをねがいます」

「気働きか、廓の男のようである」

「またぞろ吉原ですか。殿、当分は出入り禁止とされているのでございましょう」

寅之丞は笑いながら、日本橋の平松屋へ向かった。入替わるように、番町の峰近から使者がやって来た。

五

香四郎は実家の峰近慎一郎に、呼び出されていた。また叱責されるのかと、殊勝を見せる香四郎に、長兄は満面の笑みをうかべて、茶托に載せた上茶を勧めてくるのが気味わるかった。

が、上茶を吝ったのか、かなり薄い。

「吉井どの。まぁ一杯」

「では、遠慮なく」

茶碗を口の前にもってくると、ほのかな薫りが立ってきた。

「桜湯だ。めでたい」

思い出した。目の前の慎一郎の祝言が決まったとき、幼い香四郎も相伴にあずかったのと同じ匂いである。

塩漬けの桜の花弁を湯に浮かせた祝の飲みもので、茶は濁るとされ嫌われるところから生まれたものだった。

ひと口すすって茶托に戻した香四郎に、兄はどうだとの顔を向けてきた。

「美味しいとは申しかねますが、それなりには」

「馬鹿者。祝言だよ、おまえのな」

「御家人吉井を継いだばかり、とても妻女を持つなど——」

「西ノ丸徒目付の末席とはいえども、役料も加わったではないか。娘御は三百俵取りの御家人色川の末娘で、美形と聞いておる」

「はぁ」

「気のない返事を致す。百俵取りのおまえに、三百俵の嫁女である。ありがたい話ではないか」

もう日取りも決めたと、兄は釣書(つりがき)なる紙を取り出し、色川家の先祖の話をはじめようとした。

「兄上にも申し上げられぬ、というか話す羽目になったようでございます……」

深刻そうに眉を寄せ、香四郎は膝を進めながら声をひそめた。

「いかがした。またぞろ深川なる悪(あ)しき場へ立入り、よからぬ病(やまい)をもらって参ったとか」

「お止(よ)し下さい。わたくしも幕臣の端くれとなりました。口止めされている話とは、新しい御役(おやく)での務めが、関八州廻りとされたことです」

「徒目付、それも西ノ丸ではないか」

「わたしもそう思ったのですが、天保の改革は江戸を取り巻く関八州の天領を不正の温床(おんしょう)にしたようです」

「分からんでもないが、その監察役は八州廻りなり火盗改であろう」

「その監察役までもが取込まれて、代官などは好き放題と——」

「軽い役と思ったが、香四郎の腕が見込まれてのことであったか……」

「のようです。ついては向こう一年、江戸を出たり入ったり。祝言もですが、若い妻女の実家に内々の務めを気づかれては、御役ご免は必定。峰近の名に、瑕をつけるわけには参りません」

「うむ。分かった。色川家へは、理由をつけて断わりを入れておく。おまえは御役第一に励むがよい」

長兄は香四郎の話を疑いもせず、玄関まで見送ってきた。

「しばらくは江戸を留守に致します。どうか、末弟の噂がよからぬものとなりましても、峰近を離れた者ゆえと知らぬ存ぜぬを通していただきたく、おねがいする次第」

香四郎は強い目を向け、決意の固さをあらわした。

帰りがけ、餡屋に寄ると百匁もの漉し餡を買い、笑顔で自邸に向かった。

嘘をついたつもりはないが、隠密ばりの監察を命じられてはいない。あえて深刻に話したのは、御家人なんぞから嫁取りをしては先ゆき出世の妨げになると判断したからである。

本当かどうか知らないものの、かの柳沢吉保は法外な出世をつかむまで、独り身を通したと聞いていた。

男の器量は、妻女で分かる。

出自がどうこうというのではなく、女もまた徳を備えた大きさが男を測る尺度と言われているのだ。

色川家の娘が、どのような女か見ることはできないが、余り物でしかなかろうと切って捨てた香四郎だった。

上野山下の邸に戻ると、寅之丞が五両もの路銀を手にしましたとあごを上げて見せた。

「五両です。一人前の職人が表長屋で、家の者六人を半年も食べさせられます」

「そうか。寅は世情に詳しい。おまえと一緒の道中は、楽しくなりそうだ」

「わたくしのほうも、期するものがあります」

「期するとは、なにを」

「近づいたとき、申します」

意味あり気な目を見て、香四郎は当てずっぽうをことばにした。

「筆おろしであろう」

「――――」

香四郎は赤くなった寅之丞を、呵々と笑った。

「確かに、おれが寅よりすぐれてよく知るところは、女郎屋ぐらいかもしれん」

「殿。ご自身を、おれと仰せになりますか」

「うむ、おかしくはあるまい。目上には使えぬが、わたしと言うのがなんとなくな……」

「よろしいと思います。おれに随いて参れ、さすれば筆をおろすに程よい硯を見つけてやるです」

赤くなったくせに凹まない私小姓に、頼もしさを見た気がした。

神信心の旅ではないのだからと、香四郎主従は夕暮どきに発つことにした。

火消は組から三人、平松屋からは二人。それぞれが道中の守り札や草鞋などを手に、見送ってくれた。

「道中ご無事に。こちら様の留守はあっしらが、交代で見ておきます」

「主人の伝助が申しますには、幸手は天領で、これといった支障は聞こえてこないようでございます。それと道中は、舟がよいと申しておりました」

「川舟か、その手があったな」

かつて家康が江戸を開府するにあたって、もっとも悩んだのは毎年のように氾濫する幾つもの河川だった。

坂東太郎と呼ばれる利根川をはじめ、渡良瀬川、荒川、鬼怒川などが田畑を流し、江戸市中を水びたしにした。

これを大普請によって、川そのものの流れを付け替えてしまったのが、関東郡代を務めていた旗本の伊奈家だった。

関八州全体に、網の目のような水路が生まれたのも、この普請の賜物である。田への用水だけでなく、これを舟運に利用したことで、江戸への物資流通は大きな発展を遂げた。

米ばかりか、魚や野菜までが一日で江戸に到着した。

併せて人の往き来に、帆をもつ川舟が使われるようになった。

多くは肥料となる干鰯や醤油を運び込んだ舟で、ついでに人を乗せるのだ。

「どこから乗ることになりましょう」

道中経路を綿密に立てていた寅之丞は、書き直すべく平松屋の手代に訊ねた。

「こちらからなら、千住宿ですね。河岸も大きいですから、帰り舟も多いはずです」

「千住だと、都合がいい」

「便利との意味ではないということか」

香四郎は皮肉った。

江戸四宿と呼ばれる品川、内藤新宿、板橋、そして千住には、名だたる女郎屋が軒を並べているのだ。

寅之丞が想い描いた筆おろしは、吉原でなく千住だったのだろう。

ふたりになったら訊いてみようと、香四郎は草鞋の紐を結んだ。

「行ってらっしゃいまし」

寛永寺の鐘を聞きながら、香四郎と寅之丞は身軽な旅の一歩を踏みだした。

「今からなれば、夜舟となる。目を覚ませば、幸手村だな」

「えっ。挨拶もなしに、江戸を発つおつもりですか」

「実家の峰近には、伝えてあるが」

「いいえ、殿の奥方へです」

「誰のことだ」

「馴染みの、花魁がいらっしゃいます」

「おまえは千住ではなく、吉原のつもりでいたか」

「はい。初物は、煌びやかなところでと、決めております」

「おれは深川であった」

「残念なことと、お察しいたします」

「初日から豪勢に遊んでしまうと、路銀は底を突くであろう」

「吉原の若竹には、まだ十五両ほどの取り置きがあるはずです」

「……………」

寅之丞が千住を喜んだのは吉原を通るからで、大川の対岸となる曳舟から乗船と言われては、望みが失せてしまうからだった。

「ならば、草鞋は履き換えねば。野暮と、笑われます」

「旅をするのに、下駄の一足も持ちあわせてはおらぬぞ。どこぞで買うのか」

「下駄では安直です。草履を、持参して参りました」

寅之丞の懐には、ふたりの草履が押し込まれていた。

「用意周到もそこまでとなると、いささか嫌味だ。武州の地にまで、持ち歩くのか」

「まさか。若竹に預けて明朝、旅立ちます。帰府する際、立ち寄って取るつもりです」

「………」

呆(あき)れて物も言えなくなってしまった。

紅灯(こうとう)の里は夕暮どきの賑わいを、香四郎主従に見せつけてきた。

引手茶屋(ひきてぢゃや)を通しての登楼(とうろう)は、若衆そのままのような寅之丞を主役に、しげりにしげった。

しげるとは里ことばで、客と遊女が睦まじく交す様をいう。

十五歳の若侍が、どんな一夜を明かすだろうかと、香四郎は花魁の点(た)てる薄茶を口に含みながら、好物の羊羹(ようかん)を頬ばった。

「ほんに香さまは酔わずして、わちきの褥(しとね)に入りなんす」

「酔っておる。若紫と申す遊び女(め)に、のぼせ上がって……」

「あれ。そのような、はしたないこと」

若紫は膝を閉じ、押し入ってきた香四郎の手を挟みつけた。

行灯(あんどん)の火が、嫉妬したように灯芯(とうしん)を燃え立たせた。

六

翌朝、改めての旅立ちとなった。

春も終わりに近づき、吉原大門を一歩踏み出すと、名代の見返り柳までが青々とした葉を繁らせているのが見えた。

「柳までが、見送ってくれているようです」

「寅。いかがであったか、昨晩は」

「ご想像に任せます」

「左様か。裏は返せそうか」

「裏を返して馴染みにならないと、酷い目に遭わせると脅されました」

脅されたと言う寅之丞の顔は、嬉しそうである。

子どもを冷やかすものではあるまいと、香四郎は日光へ通じる街道に出るべく、下谷の千束を目指した。

半刻もせず、千住宿の口に着いた。

荒川にかかる大橋を境に、南と北に別れた宿場は街道に沿って細長くつづいている。

朝であれば泊まり客が出てゆく刻に重なり、旅籠の者や一緒にすごした女郎が、客を見送る姿が見られた。

大半が江戸に向かう。なにかと物高い江戸より、千住の宿場でと懐具合を気づかうのだった。

が、千住宿にしてみれば、飛んで火に入る夏の虫で、様々な手口で旅びとの銭を吐き出すようにした。

宿場女郎がその最たるものだが、博打もまた蟻地獄のひとつだった。

廃屋同然の旅籠の木戸口から突然、男が転がり出たのを、香四郎は助け起こした。

額に傷を受けている。追い出されたらしいと思われた。

よく見れば、褌ひとつに単衣ものを羽織っているだけで、帯も締めていなかった。

博打ですった者の、決まりと思える恰好である。

「朝まで、ねばったようですね」

寅之丞は馬鹿な奴と、冷めた物言いをした。

男の出てきた木戸口が、ピシャリと音を立てて閉められた。

「ちっ、畜生め。いかさまをしやがったな。返しやがれっ、おらの大工道具だっ」

「大事な仕事道具まで、形に取られてしまったか」

寅之丞のことばに、男は首をふった。

「そんなこと、おらがするもんけ。眠っとるうちに、札に代えたと……」

泣き顔となって、額の傷に手をあてた。

すってんてんにされた男だが、よく見ると博打に狂う者にありがちな破滅が見えなかった。

香四郎は立ち上がって、閉められた木戸口を叩いた。

「殿。胡散くさい連中なんざに、お目付が関わってはなりません」

「世をただすのが、目付の本来であろう」

悪になるとは、不人情を通すことにほかならないが、香四郎は徹しきれないようだ。

「開けぬか、無頼ども」

「――。どちらさまか存じませんが、賭場でございましたら、夜分にお越し下さいませ」

ドンッ。

邸の木戸を禿が蹴ったように、香四郎も足をあげた。

「うるせぇな。酔っ払いか」

出て来たのは、小さな髷先をこれ見よがしに立てた相撲取りのような大男で、上から見おろしてきた。

「この者の、大工道具を返してやれ」

「断る。道具は買い取ってやったのだ。それとも、侍が買い取るか」

「おれも、断ろう」

踏み出した足が大男の股間を蹴上げると、中からバラバラと与太者たちが尻を端折ってあらわれた。

「やいっ三一、上等だぜ」

右から拳が突き出てくる。左からは心張棒がふりおろされた。

バシッ。

左の心張棒は、右の男を叩いた。

しまったと躊躇したところに、香四郎の手刀が心張棒の男の首すじを打ち据えた。

幕臣の末席にある限り、抜刀するには理由が必要なのだ。

「職人。道具を取って参れ」

おそれ入りますと、大工は中へ入っていった。


旅の初日は、幸先が良いようだ。

千住大橋につながる河岸に、今朝からの川舟がいくつも係留されていた。客を待っているのではなく、朝いちばんで下ろした積荷の空いたところに、江戸の名物を積み入れるのを待っているようだ。

流行りの浮世絵、さまざまな番付、双六、人形、吉原細見という廓見世の評判記、中には菓子や佃煮のような物も見えた。

水夫たちが手分けして、まとめ買いをしてくるのを待っていた。これもまた、ちょっとした儲けをもたらすものだった。

醤油くさい一艘に、寅之丞は声を掛けてみた。

「権現堂川沿いの幸手まで、二人だが」

「申しわけねえですが、これは下総に戻りますで、ほかをあたってくだせい」

帆を上げる舟が見えて、香四郎は走り寄ると行先を訊ねた。

「栗橋でごぜぇます」

「二人、乗せてくれまいか」

「よろしゅうございます。ちぃとばかり、お待ちくだせい」

船頭は一旦引っ込み、人と話し込んでいるようだった。

出てくると、大きくうなずいた。

早速に乗り込むと、女客が一人いた。

笠を目深に被り、袋に包んだ三味線が横にあった。

「済まぬ。同舟をねがおう」

「どういたしまして、こちらこそ」

傾げた笠からうかがえる女は、二十六、七の年増で、口に艶やかな紅が躍っていた。

鳥追い女かとも思ったが、垢抜けて見えるので音曲の師匠だろう。

川舟は幅が狭く、女と同席するかたちとなった。

寅之丞の目が、とろんとしている。昨夜の筆おろしが疲れをもたらしたのか、川を遡りはじめると、うとうととしはじめた。

ゴチ。

舟べりに頭をぶつけ、恥をかいたようだ。

女が膝を貸すと言って、寅之丞を招き入れた。

見ず知らずの女は、寅之丞を子どもと思ったにちがいなく、弟と接するようなに気なさで、膝枕を与えた。

そのとき、寅之丞の口元が笑ったのを、香四郎は見逃さなかった。

眠くはないのだ。昨夜のつづきをと、美形の年増に甘えようとの魂胆と見た。

寅之丞の手が、女の腿をなでた。

それとなく女を見ると、わずかに眉をひそめたが、迷惑そうな素ぶりに思えなくもなかった。

酷いようならと、香四郎は様子を見ることにした。

気がつくと、幸手村の河岸に着いていた。

「早いな」

「へい。風がよかったもんで、一刻ほども得をしたです」

「すっかり寝込んでしまったようだ。これっ寅、下りるぞ」

「え。もう着きましたか。あっ、膝を貸してくれたお女中は」

「随分前に、ここでと、お客さま方が眠っているあいだに下船なさったです」

「申しわけないことをしたようだな。船頭、酒代はいくらである」

「二百文ずつで、四百いただければ嬉しいだで」

「そうか。これは煙草銭と一緒に」

香四郎は一分を差出した。

「こ、こんなに……」

ざっと換算しても、四百文の二倍半ほどの一分金に、船頭はなんども頭を下げた。

昼餉どきは、とうにすぎている。河岸ならば水夫相手の一膳めし屋があるのだ。

暖簾をくぐろうとしたとき、寅之丞が声を上げた。

「やられましたっ」

「なにをだ」

「五両の路銀を、すっかり……」

「女にか」

懐を探りながら帯を解いて、着ている物を一枚ずつ脱ぎはじめた寅之丞に、香四郎は無駄だよとの目を向けるしかなかった。

〈三〉まずは、やくざの用心棒

一

舟を下りたものの、路銀（ろぎん）の五両を掏摸（す）られたことで、ふたりが思うまま動きまわることができなくなった。

「わたくしめの落度。迂闊（うかつ）にすぎました」

「気の弛（ゆる）みは若いゆえであろうが、ちょっといい女を目の前にすると、欲をかく」

「欲と申されますのは、なんでございましょう」

「乗船早々、居眠ったふりなんぞしおって」

「えっ。ほんとうに、眠くなったのです」

寅之丞（とらのじょう）の目が、泳いだ。

「嘘を申すな。女の腿に手を置いて、年増の匂いに酔っておったではないか」

「左様なつもりは――」

「あったのであろう……。もっとも、おれとて色里にて女と相撲をとっていたのであれば、眠りこけてしまった。迂闊であったよ。武士たる者、隙を見せてはならぬ」

一膳めし屋の前で侍の主従が、立ったまま話している姿は場ちがいだった。

昼餉どき、めし屋に出入りする者のほとんどは、川舟人足か河岸問屋の男たちである。

そこに黒羽織で旅姿を見せる侍が立っていれば、役人が不正を調べに来たと考えることに不思議はない。

江戸ばかりか、関八州にまで無法が横行している春となっていた。

「公儀からして、邪なことをしておったのだ。おらたちが、ちっとばかし狡をしたところで、咎める資格などねえ」

理屈であり、道理も通る。

とはいえ、役人は怖いのだ。

人足たちは香四郎主従を遠まきにして通りすぎ、足早に一膳めし屋をあとにした。

めし屋の女中も、声すら掛けようともしなかった。

役人に声を掛けて入られ、食べるつもりはなかったと、無銭飲食をされるのが嫌なのだ。

なにごとにも、人が人を信じられない弘化二年となっていた。

不信が広がれば、天下が乱れてしまう。三百年ばかり前の京都が、その好い例だろう。

盗みはあたり前、家に火を放ち、人を殺めても、罪をおぼえない者がふえていった。

「下剋上も、そうした中で生まれた……」

香四郎のつぶやきに、寅之丞が怪訝な顔を向けた。

「物騒なことばを口になさいましたが、御城にそのような動きがございますか」

「いや、下剋上の世になるかと」

「幕府が瓦解すると、お思いで――」

「寅之丞、声が高すぎる」

戒めたものの、そのことばが一膳めし屋の中にいた客全員を、追い出すこととなった。

「ちょっくら、用足しをしてくるべい」

「銭は置いたで、またな」

そそくさと箸をそのまま、あるいは注文する前の者まで、香四郎たちを避けながら出てきた。

怖い顔をしたのは、めし屋の女将だ。

江戸の役人ふうの侍が来たために、店が空となったのである。

「出入口に立ったれば、客が入らんでねえか。お前さま方は、昼めしを食うのかね」

突っ慳貪な言いように、鬼瓦そっくりな面構え、手足がやけに大きな四十女に、若い主従は気圧された。

「めしは、ひとり幾らとなる」

「二十と五文、酒もつけるかね。ただし、銭はいただくよ」

役人なんぞに機嫌取りはしないと、女はあごを上げてきた。

喧嘩ごしである。

寅之丞が香四郎の袖を引いて、出ましょうとの合図を寄こした。

店の雰囲気がよくないというのではなく、懐が大丈夫かと気づかったのだ。路銀として貰った五両あればと、香四郎は一両の半分である二分を財布に入れてきただけだった。

川舟の船頭に酒手を含めて一分を出したのであれば、残るは一分。これでは安旅籠に逗留して、五日もつかどうかである。

昼めしの代わりに、茶店の団子で凌ぐほかないと、寅之丞は言いたいようだ。が、香四郎は二人分と声を上げ、一膳めし屋の中へ入った。

寅之丞は急に嬉しそうな顔で、酒樽だったとおぼしき腰掛に着いた。

忙しい川舟人足を相手にする一膳めし屋は、いちいち草鞋を脱がないでいいように、土間に高脚の卓を置き、そのまわりに腰掛を配すのだ。

「吉原の若竹が、土産代わりに餞別を包んでくれましたのですか」

「まさか。銭こそ命の女郎見世は、舌を出すのさえ嫌がる吝嗇である。祝儀のたぐいは、出すことなく貰うものと決めておるところだ」

「というと、旅籠に逗留しているあいだに、平松屋へ為替を送れと飛脚を頼みますか」

「瘠せても枯れても幕府御家人と、銭の無心などできるものか」

「では、どうなさいます」

「働くほかあるまい」

「この辺りとなりますなら、川人足しかございません」

「川人足に雇っては、もらえぬであろうな」

目を丸くして呆れる寅之丞の前に、丼めしと熱々の味噌汁、鯵の干物に香の物が載った盆が、女将の手で運ばれてきた。

「お小姓さんは、旅役者のようだ」

笠を取った寅之丞の色白な顔を見れば、田舎の四十女でも相好を崩すものである。

先刻までの無愛想が、豹変した。

もう一方の香四郎にも目を向けると、一文字の眉に凜々しい男くささを見せ、甘さをうかがわせるに充分な唇は熱と滑りをもち、見るからに逞しい体つきである。

「ははぁ。おまえさま方は、あれじゃろが」

香四郎も寅之丞も、あれがなにを意味するかを知らない野暮ではなかった。

色の道に不案内な者でも、男同士が交わることは忌み嫌うばかりか、嘲笑するましてや武州の田舎町では、軽蔑にちかいものとなっていた。

「出ましょう。かような店のものなど、食べる気がしません」

寅之丞が怒ると、女将は歯ぐきを見せて笑った。

「あは。女なご衆さんには、川舟人足の粗雑な膳は口に合わんか。こりゃぁ、ご無礼したべ」

寅之丞は、立ち上がった。

「女。無体な口をきくと、容赦せんぞ」

「むたいとか、ようしゃとか、なんのことだべ」

子どもが母親に食ってかかるのと同じで、適当にあしらわれ、めし屋の女将は尻を向けて屁をたれると奥へ引っ込んでしまった。

「寅之丞。おまえは、よくよく女に揶揄われるように生まれついておるようだ」

「不徳のいたすところだと、仰せですか」

「まぁ、食べろ。腹が減っては、戦もできぬからな」

「一膳めし屋の女房ごとき相手に、争いはいたしません。いえ、ひと泡ふかして出ることにしますっ」

憤慨しながらも箸を取った寅之丞だが、腹がふくれたら怒りは収まるものである。

それよりもと、香四郎は塩味の勝った汁をすすりながら、めし屋の奥をそっとうかがった。

空腹も怒りも癒えた寅之丞は、めし屋の台所で亭主と話を交わしていた香四郎が出てくるのを待って、口を開いた。

「男色などとありもせぬ噂を流すなと、釘を刺して参られたのですか」

「いや。仕事はないかと、訊いておったのだ」

「武州の田舎に仕事など、あろうはずもございません」

無駄なことですと寅之丞が言うのを、香四郎はあったよと言い返した。

「力仕事、ですか」

「まぁ、随いて参れ」

香四郎は下船した権現堂河岸と逆なほうへ歩きだし、関宿のほうに向かうと言った。

「お知り合いが」

「一膳めし屋の主が知っておるとかで、一筆へたな文字の請人状をもらってきた」

「よりによって、田舎の一膳めし屋が殿の請人ですか」

「郷に入らば、郷に従え。窮すれば、通ず。寝床にもありつけそうである」

一里半ばかりだと、香四郎は足取りも軽く歩きはじめた。

二

香四郎の中小姓役となっている五月女寅之丞は、俸禄の低い御家人の家に生まれていたが、木綿ずれの見えない若侍ぶりを見せている。

幅五間ほどの川が東西を隔てる向こう側が、下総の関宿藩で、こちら側は武州だった。

土堤の上に、百姓が田植えや草取り、収穫のとき一緒に使う藁葺きの大納屋が、ぽつんと建っていた。

「あれのようだ」

「殿。納屋の中で、粉挽きとか薪割りをするのですか」

「寝床も、あの中かもしれぬぞ」

「……………」

若衆を見せる寅之丞には、まったく不釣合いな小屋だった。

近づくと、いきなり声を掛けられた。

「まだ、開いてはいねえ。暮六ツに、おいでなせぇ」

あらわれた男は、小柄で色黒な三十男だが、敏捷さを手足にうかがわせていた。

誰が見ても、百姓には見えない無頼である。それが開くのが暮になってというなら、ここは賭場であり、男はやくざにちがいあるまい。

「用心棒になるおつもりですか、殿」

「おれのやれる仕事が、ほかにあるか」

言いながら、香四郎は炭団に目鼻を付けたような男に近づいていった。

「なんですべいか、お役人さまでございますかの」

探るような目つき、懐に忍ばせている匕首を握った姿が、寄せつけないぞと威嚇してきた。

「まちがうでない。親分の、関谷五郎どのに会いに参ったのだ」

「親分に、どんな用か」

「これを権現堂河岸のめし屋に、書いてもらっておる」

香四郎は書付を渡したが、男は文字が読めないようだ。

「権現堂の一膳めし屋なれば、芳吉だ。お侍さまは、役人ではねえべの」

「新参の浪人者である」

「ひとっ走り行ってくるべいで、中でお待ちねがいます」

男はいなくなった。

招じられた大きな小屋は、畑くさい納屋の匂いとはちがっていた。

人臭いというか、賭場ならではの銭の匂いが染みついて、金気の汗くささが漂っている。

俗に、銭は汗をかくという。

ひと晩に五回も十回もやり取りされるのが、博打の銭である。なるほど、汗をかかないわけがなかった。

昼下がりでも薄暗いのは、人目を避けるため夜灯りが洩れないようにしてあるのだろうが、土堤に一軒建つ小屋が目立たないはずもなかろう。

「なるほど、警固が必要なわけだ」

「殿は、用心棒となって、代官所の役人と相対するおつもりなのですか」

「いいや。それでは、ご政道に反することになってしまう。こう見えても、幕臣の端くれとなった」

「ご法度の賭場ですが」

「今どきの役人は、命知らずの博徒に面と向かっては来ぬものだ」

「では、なんの警固を」

「一年前、天保の終わりに、利根川沿いで大出入りが起きた」

香四郎は利根川沿いの縄張りを争った笹川繁蔵と飯岡助五郎の争いを、かいつまんで語った。

「やくざ者同士の、戦ですか。それも長脇差を双方がというのが、信じられません」

「長脇差どころか槍、噂では鉄砲まで持ち込まれていたそうな」

「入り鉄砲に出女ではないのですか。やくざ者ごときが、どうやって手に入れられるのです」

「幕府が改革を号令して、締めつけをはじめた。目や耳にできるところは、言うがままに従う。しかし、そうならないところでは、反撥が大きな力となって働くわけだ」

「銭ですね、博徒どもの命綱も」

「うむ。その蓄えを、取りあうらしい」

笹川と飯岡の出入りに、平手(ひらて)造酒(みき)という剣の使い手が笹川のほうに加わっていた。

やくざ者の五人、六人を片づけたのだが、年来の胸の病(やまい)で倒れてしまった。

「勝負は、飯岡の側に軍配があがった。平手が倒れたこともあるが、飯岡のほうは十手(じって)御用(ごよう)を承(うけたまわ)っていたためと言われている」

「寄らば大樹、ですか」

関谷五郎なる親分は大丈夫なのでしょうねと、寅之丞は付け加えた。

春もたけなわとなれば、土堤の上に建つ賭場も暖かく、汗を見るほどになっていた。

パチ、パチッ。

火の爆(は)ぜる音である。

「――――」

暗かった小屋の中が、急に明るんだと思うまもなく、右からも左からも火の手が見えてきた。

外へと、寅之丞は土間の入口に走ったが、戸はビクともしない。

「閂が──」

「謀られたかっ」

用心棒の仕事をと頼んだまではよかったが、羽織袴の身なりがあまりに役人然としていたことで、疑いをもたれたにちがいなかった。

──やり口が、あまりに乱暴にすぎる。

思ったものの、火の手は勢いを増してきた。

板壁を蹴った。

納屋もどきの賭場だったが、ひどく頑丈な羽目板が二重に貼られていた。

火がつくり上げる煙が、ふたりの鼻を襲うと、咳込みはじめた。

「や、屋根の上へっ」

寅之丞の思いつきは、燃えさかる藁屋根を見て断念せざるを得なかった。

藁の火の粉が、降ってきた。

「誰ぞ、おらぬか。火事だ、火事だぞっ」

大声をあげたところで、土堤に建つ一軒家である。隣近所はもちろん、周囲は田畑のほか川が流れるだけだった。

昼火事であれば、武州の村では、放っておくのが定法（じょうほう）となっていた。

苦しい。

火が熱いのではなく、息ができないのである。

朦朧（もうろう）とした香四郎に、次から次へと浮かんでくるのは昨日のことであり、部屋住（へやずみ）の貧しいときのことや、深川の岡場所で遊んだ晩のことだった。

——走馬灯のようだ……。

煙の中で、香四郎は短い夢を見た。

「いかん」

香四郎は大きく頭（かぶり）をふった。

死を前にした者が見るというのが、過去の走馬灯だと聞いていた。

ようやく、冷飯（ひやめし）くいの身から離れられたのだ。ここで犬死はしたくない。が、息苦しさは、顔をうつむかせるばかりだった。

袖を鼻にあて、小さく息をする。上げた目は、土間でもがく寅之丞を見ていた。

気が遠くなってゆく。目はうつろとなり、耳は火の爆ぜる音しか入ってこなかった。

「熱い」

寅之丞が身を反らして、土間をかきむしりはじめた。

――元服なったばかりの十五歳が、ここで果てる。

動けない香四郎は、黙って見るしかなかった。

「――――」

土をかきむしる寅之丞を見て、刹那、香四郎の頭が働いた。

――ここは一軒家の賭場。役人に踏み込まれたとき、逃げ場を造っていないはずはない。

町なかの家であれば、壁を抜いたり屋根伝いも考えられるが、ここは土堤の上なのだ。

香四郎は手さぐりをしながら、床板に引っ掛かりがないものかと這っていった。

ガタン。

一枚の床が、難なく外れた。

冷たい風を顔に感じ、それが脱出口と確信した。

「寅っ。ここに」

香四郎は寅之丞の衿首を引っぱり、床下に掘られていた穴へ、押し込んだ。

自身もつづいて、穴ぐらに落ちていった。

ふたりは重なったが、やはりただの穴ではないようだ。

湿った風が、暗い中で頬といわず手や足に当たってきた。その方角に這い進むと、水音が聞こえた。

「苦しくないか、寅」

「はい。息ができるようになりました」

「音のするほうへ」

狭い中、頭をぶつけ、手足を擂りつつ、光が射してくるところに行きあたった。はまっていた安直な格子はすぐに外れ、葦の繁る川面に出ることができた。

土堤の上に、叫び声が上がった。

「火事だぁ。と、賭場が、燃え落ちるっ」

ガラガラッ、ドシン。

賭場は焼け落ちた。しかし、香四郎主従を殺すには至らなかった。

「関一家、ひとり残らず血祭りにあげてやる……」

勇み立つ寅之丞だったが、香四郎はまとめて火焙りにすると決めた。

葦の林立する中、腰まで水につかりながら土堤をよじのぼった。

大きいだけで、家財のない賭場である。焼け落ちると、すぐに鎮火したようだった。

その焼け跡を関一家の子分たちが、目を皿にして歩きまわっていた。

「おい。殺しそこなったようだな」

「――――」

香四郎主従を見て、やくざ者たちが一斉に目を剝いた。

「おどろくものではなかろう。おまえたちが殺めた者の、生き霊だ」

「殺めたなんぞ、とんでもねえ。こ、こうして、谷五郎親分を、連れてきたべよ」

「なれば、火をつけただけと、言い張るつもりかっ」

寅之丞が吠えると、炭団のような男は大きく首をふった。

「どうして大事な賭場を、燃してしまうもんかね」

「されど、われらを役人と見て、捕縄投獄されるよりはよかろうと、考えたのではないか」

香四郎が鯉口を切って太刀を払うと、親分の谷五郎が進み出て膝をついた。

ずんぐりとした体で猪首の谷五郎は、田舎芝居の敵役を見るような風貌だが、着ている物が江戸を見せた。

流行りを買って着るだけなら、滑稽でしかない。江戸を見せるとは、着こなしである。

「疑われるのは毎度のことの、わしら博打うちでござんす。惜しくもねえこんな首、幾つでも差上げましょう。しかし、火を放ったとか、お侍さま方を殺めようとしたとか、こればかりは見当はずれも甚だしいことでございます。おう、みんな。ここに列べ」

谷五郎の号令で、居あわせた一家の者たちは揃って膝をついた。

「では、すっぱりと首を刎ねてもらいますべい」

「潔いな。なれば、参る」

香四郎は抜き身をふりかぶり、躊躇することなく谷五郎の背後から、斜めに太刀を落とした。

シュ。

音はしなかった。落ちたのは、谷五郎の髻である。

気後れした谷五郎が、少しでも怯んで動いたなら、香四郎は首を落とすつもりだった。

ところが、やくざの博徒は俠客を見せた。

微動だにせず、両手を合わせていた。

「親分、信じよう」

「おそれ入りましてございます」

二人のやりとりに、寅之丞と関一家の子分たちは呆気に取られた。

炭団が、おそるおそる口を開いた。

「あっしは火を熾してもいねえし、囲炉裏には薪一本入れてもいねえべ。てえことは、外から火を……」

「そうである。戸口の外から閂が、掛けられていた」

寅之丞のひと言に、谷五郎は小さくうなずいた。

「賭場荒らしは沼口の者だな……」

沼口一家は、川を挟んだ向こうの博徒で、関一家と犬猿の仲という。

目の前の庄内古川を縄張りの境にしていた両者だが、沼口一家の熊蔵は今年になって後ろ盾を得たことで、無法を働きだしたと谷五郎は顔をしかめた。

「後ろ盾と申す者は、商人か」

「へい。下総の川舟問屋のようで、なにかというと、川止めになったから舟荷は出せねえとごねるようです」

川止めは、本来増水したことで危険だと、川を渡るのを禁じることだが、この辺りでは舟を操るのが思うに任せない場合も言うようだった。

「あふれるほどなれば、仕方ないのではあるまいか」

「それが酒手をはずんでくれるなら、無理して出させますと――」

「それも、川止めでねえときも嘘をつき、法外な値をふっかけて儲ける問屋のようです」

谷五郎のことばに、炭団がことばを添えた。

「羽振りのよさは、沼口の熊蔵を見れば分かります。自分ところの賭場に、川舟人足ばかりか問屋の番頭まで誘い込んで、勝手し放題です」

香四郎の太刀に動じなかった谷五郎の話なれば、信じられた。

「親分。しばらく、厄介になりたいのだが」

「よろしいんですか、危ない目に遭わせたのは、あっしらですぜ」

「沼口一家だかを成敗するのも、ご政道に適うのではないか」

「お侍さまは、お役人でございましょう」

「いいや。無役の御家人、それも百俵取りである。路銀を盗られて、往生しておるのだ」

「二両や三両ほどなら、お詫びのしるしに」

「それはならぬ。めし屋の主が申したように、用心棒を承ろう。悪人退治も、幕臣の務めである」

「嬉しゅうございますな。では、関一家に草鞋を脱いでいただくことに」

谷五郎が髷の失せた頭を下げると、髷の失くなった髪がハラリと肩にかかった。肩に入っていた力が取れたのと、鬢付の油で固めていたのが弛んだからである。

「親分。落武者みてぇだべな」

「この谷五郎も、お侍の端くれってことだ」

香四郎と谷五郎の双方は名乗りあい、谷五郎の一家に草鞋を脱ぐと決まった。

三

谷五郎の表向き稼業は、人入れ屋だった。

江戸の火消小屋そっくりで、少しばかり土臭さの残るところが、一家の仕事場であり住まいのようだ。

権現堂河岸は、かなりの繁昌を見せていた。

関一家は、川舟の積荷を運ぶ人足を束ねている。といっても、人足のほとんどは地元の小作百姓で、必要に応じた員数を差配するにすぎなかった。

「ここ幸手は周りの村に比べると、川があふれたときの痛手が大きい村でございまして、人足仕事がそれなりの稼ぎになります」

とりたてて自慢するものではないが、谷五郎は川舟人足を専業とさせず、あくまで百姓の片手間にするのは天領の石高を守ることになっていると言い添えた。

「幕府のお歴々は、そうしたことは知らないのではありませんか」

寅之丞は香四郎に訊いた。

「知るも知らぬも、土地の代官の上申次第。おそらく関八州どこでも、今の役人はおのれの手柄しか報告せぬからな」

「まったく、仰せのとおりです。悪口となりますが、川向こうの沼口一家のよろしくないのは、人足どもを博打で囲い込み、稼ぎを巻き上げるのを生業にしはじめたことです」

任侠を旗印に渡世する者が、銭こそすべてと算盤を手にしだしたのは、今にはじまったことではないがと、谷五郎は顔をしかめた。

「そんな話より、沼口の野郎を叩かねえと」

炭団が賭場に火をつけられたばかりか、お侍さまの命まで危なかったのではないかと、まっ赤になって怒りはじめた。

「谷五郎どの。出入りをいたすつもりか」

口を開いた香四郎は、危うかったおのれの身が無傷であることに、憤りを忘我していたのである。

「先生も暢気と申してはなんですが、怒ったり暴れたりしねえのは、武士の鑑ってことのようですね」

もっとも、火を放ったのが沼口一家の者かどうか確かめない限り、出入りはできませんと付け加えた。

「確かめる手だてはあるか、親分」

「誰も見ちゃいねえし、たとえ見た者がいても、口をつぐむのが百姓です。関わりあいになりたくないと……」

「とするなら、別の証を立てる者を見つけるほかあるまい」

「別といいますと」

「人足の手間賃の横取り、あるいは地回りの沼口一家の後ろ盾となっておる商家を探して叩けば、あわてるかもしれぬ」

天保の改革では、俠客や博徒らと交わることを固く禁じた。その規則は、まだ生きているのだった。

「さすが先生、賢いや。働いても銭の貰えない百姓も、やくざ者と手を組む商人も、どっちも素人。てぇことは、臆病風を吹かすってわけですね……」

「左様。河原で出入りとなり兇状持ちとなって追われるくらいなら、ご法度に則って敵を潰しにかかるほうがよかろう」

「分かりました。おう、おまえたち。話を聞いてのとおりだ。村へ走るなり、熊蔵の旦那筋なりを見つけてこい」

「へいっ」

子分どもが散ると、香四郎主従は離れ座敷に案内された。

「三年ばかり前まで土地の名主が、といっても少し北になる栗橋の村名主の別邸だったところを、あっしが買ったんです。名主の爺さん、この離れのほうに妾を囲っておりました」

「親分は脅し気味に、譲り受けたか」

「あはは。ご想像とやらに、まかせます」

庭に梅の古木、小さな池もある。石灯籠が少しばかり傾いていた。

中は床間をもつ八畳に、次間が四畳半。これが各々の寝間となるようだ。

三度の食事は母屋から運ばせるが、湯と厠はなかった。

「申しわけねえけんど、雨の日は傘をさして母屋まで用足しに来てくだせぇ」

「上等にすぎるな。手元不如意の侍には、もったいないところである」

「どうぞごゆっくり」

谷五郎は丁寧に頭を下げて、出ていった。

大立廻りとなる博徒同士の出入りが回避されたことで、親分は落ち着き払った貫禄を背に見せていた。

「江戸火消の、辰七が思い出されます」

「寅もそう思ったか。当節の男伊達というのは、江戸も田舎もないようだ」

「しかし、所詮やくざです。江戸城の上役に聞かれるのは、いかがなものでしょう」

「なに、西ノ丸とはいえ、目付だ。下々の動向を知りたいがため、もぐり込みました。いずれ西ノ丸さまが将軍になられた暁に、田舎の下世話なことにまで詳しいと評判が立ちますと、適当に言い繕うさ」

「殿も悪ずれに傾いてきたようですね」

「寅之丞、おれから暇乞いをしたくなったか」

「いいえ、却って離れまいと心した次第でございます」

笑いあったところ、軽やかな明るい声が外に立って、ふたりは顔を見合わせた。

「女、それも若い娘のようです」

「武州の在の、人入れ屋。ということは、谷五郎は女郎の手配もしておるということか……」

香四郎のことばに、寅之丞は障子の隙間から庭の様子をうかがった。

「お女郎に売られてきたのなら、殊勝で大人しいはず。どう見ても、陽気な女たちばかりです」

「宿場女郎は、明るさが売りなのか……」

寅之丞と入替わって覗く香四郎の目は、中に立つ年増の婀娜な女ぶりに、吸い寄せられた。

「殿。いかがされました。見知った者が、おりますか」

「いや。その、なんだ……」

下剋上を目指すと決めた香四郎だが、女に弱いという泣き所だけ、摺り込まれたように失せなかった。

本人は、気づけないままでいる。中小姓として従う寅之丞も、似つつあった。

「ここが空いているはずよ」

武州訛のない女の声がして、香四郎主従のいる離れの障子が、外から開けられた。

「あらやだっ」

声を放ったのは婀娜な年増で、中にいるのが侍と分かり、裾を払いながら膝を折った。

「申しわけございません。なんとお詫びすればよいか、ご無礼のほどお赦しくださいまし」

「謝まることはない。谷五郎親分であれば、母屋にいると思うが、出掛けたものか、その、なんである……」

しどろもどろとまでは言わないが、年増の放つ声に加え、すらりとした上背の柳腰、三日月の整った眉、長めの鼻は細く、小ぶりの唇が肉感まで見せてくれば、なにを言っているのか辻褄が合わなくなった。

「おまえたちは、関一家の者か」

寅之丞が問うと、同い年ほどの小女が進み出た。

「親分さんに世話になっている義太夫一座で、竹本縫之助の面々です」

「旅芸人か」

「はい。お江戸の両国を足場に、関八州を廻っています。お侍さま方も、蟇油の薬売りで来ていらっしゃるんでしょ」

「これっ、お鶴」

美貌たっぷりの年増は、失礼なことを言うんじゃないと、小女を諫めた。

「度重なるご無礼を、まことになんと申してよいやら。わたくし女義太夫の、竹本縫之助と申します」

きっと向けてきた切れ長の目が、香四郎の胸に火を付け、喉をカラカラにさせた。

「ぎ、義太夫というのは、男が語る浄瑠璃では、ないのか」

「よく訊ねられますが、当節は女が語る義太夫もございます。寄席に、多く出はじめました」

「美形の浄瑠璃語りは、贔屓も多いのだろう」

寅之丞は感じたままを口にした。

するとと小女のお鶴が胸高の帯を叩いて、あたり前だとあごを上げた。

母屋から男が出てくると、お鶴は笑い掛けながら口を開いた。

「善八さん。今日は先客がいるのね」

「そうなんだ。江戸のお侍さんが、しばらく逗留することになったで、おまえさん方の仕度は母屋でとなるが、いいだべな」

「どこでも結構ですよ、また四、五日お世話になります」

縫之助が下げる頭と手の置きどころも、香四郎には快いかたちに見えた。

江戸に生まれ育った旗本の子には、旅芸人など縁がないだけでなく、下賤だと近づくことさえできなかった世界の者たちだった。

ましてや女芸人であれば、岡場所の女同様に蔑まれていた。

が、目の前にいる縫之助は武家女なみの品格を備えたまま、母屋へ入っていった。

下賤と教わった話とちがうことに、香四郎は新鮮なおどろきをおぼえた。

女たちは五人で、縫之助を頭に小女がふたりと、世話掛の大年増と女中らしき四十女の座組みだと、善八という代貸が教えてくれた。

「馴染みとなっているようだが、当地へは昔から廻ってくるのか」

「もう五年にもなりますか、宿場でもねえこんなところに、年二回きっちり来てくれるですよ」

「小町弁天のような女芸人なれば、客もあつまりそうだ」

「そうです。村の鎮守社に掛小屋をして、昼と晩に一回ずつ、川舟人足はもちろん、土地の百姓たちも来て押すな押すなの盛況を見るですよ」

「人足の手配より、よほど稼ぎがありそうだ」

「ちがいます。縫之助さんは、木戸銭(きどせん)をとらねえ」

「ただで舞台をいたすか」

「へい。飛んでくる投げ銭は、一文残らずうちの一家に置いて行くのが慣わしとなっていますでよ」

「谷五郎親分に、恩があるということか」

「まったく、ございません。親戚でもねえです」

五年前の年の瀬、ふらりとあらわれた縫之助たちは、川向こうの関宿城下で嬉しくない思いをしたと言って、幸手村の権現堂河岸の地蔵堂を使わせてくれと頼み込んできたとのことだった。

「それにしても木戸銭を取らないのは、なにか当地に、恩義のようなものがあるのでしょうね」

寅之丞のことばに、善八はそうでしょうと相槌を打った。

太棹の三味線の調子を合わせる音がして、香四郎は出て行こうとした。

「先生。晩になったれば、ちゃんとした芸が聴けますべ」

「であろうが、義太夫の三味線は太いと聞いた。どのようなものか、見ておきたい」

美しい女の顔が見たいと、正直に言える香四郎ではなかった。

四

むらむらとしたわけではないが、女ながらに肩衣を着け、花簪を挿した縫之助の姿に茫っとなった香四郎だった。

デン、デーン。

腹に響く三味線の音と、語り手の重々しいのに色の立っている声音が耳に届いたとたん、ブルッとふるえがきた。

二十二になる香四郎に、色恋のはじまりがなんであるか、分かるはずもなかった。

――どうすれば、近づけるか。

考えついたことは、酒の酌をさせることだが、下戸の香四郎である。

女とは、買うものと思っていた。

川舟に乗ったとき寅之丞は女の膝を枕にしたが、おれは元服したばかりの小姓ではないと、眉をひそめるしかなかった。

たかが旅芸人ではないかと思えば思うほど、香四郎の胸中はあてどもなく彷徨いはじめた。

四十男の善八は、そんな用心棒を見て吹き出しそうな顔を押し隠した。

代貸ともなれば人を読むことは、得意を通り越して、欠くべからざる重要な役割となる。

親分谷五郎の思惑から客人への忖度まで、代貸とは文字通り、主人の代り役なのだ。

痒いところに手が届き、掻きようの強弱を加減するからこその、一家の名代でもあった。

この場合、善八には香四郎の面目を潰さずに、もう一方の縫之助に因果を含めるという二重の仕事が待っていた。

二度と敷居をまたぐなと、女芸人を脅すのはわけもなかろう。あるいは一両ばかり渡せば、言うことを聞くかもしれない。

それ以外に、ほかの女たちを丸め込むのも一つの手だ。

しかし、香四郎も縫之助も、内裏雛の雌雄を見るほどの気位が、指先にまで張っているのである。

結びつける難しさを、思わないではいられなかった。

縫之助は調子合わせですからと、ほんのサワリだけを語って、手にしていた唄扇を置いた。

香四郎が世話掛の大年増と見た女は、三味線弾きだった。

「お縫さん。今夜は調子を一つ上げましょうかね。やけに高いところが、よく出なさるようだ」

「ほんと、津祢次さんの言うとおりですよ、太夫。出だしから、喉が通っていらした」

お鶴が同意すると、語っていた縫之助が頬を染めた。

善八は思わず小膝を叩きそうになり、息を殺した。

武州の田舎でも人入れ稼業をしていれば、芸をする者は初日の稽古から全霊を込めないものと知っている。

目を凝らして縫之助を見ると、熱を帯びているかのごとき火照りがうかがえた。その目が、決して新しい用心棒を見ようとしないのも不自然だ。

巧まずして、雌雄は生まれつつあったのである。

代貸の善八は結びつけるだけ、二人を閉じ込めるだけでよかった。

香四郎の耳元に、善八は囁いた。

「先生。今晩うちの谷五郎が、顔寄せをすると申しておりますので、お付合いねがいます」

「顔寄せとはなにか」

「初顔合わせの挨拶をする席で、うちの若い者や縫之助さん一座も交えて、一献となります」

「情けないが、おれは下戸だ」

「かたちだけでして、旨い物もございませんが、晩めしを召し上がってくだせえ」

言い終えると、三味線の津祢次を見込んだ。

善八同様に世馴れた女であれば、恋路が通ったことの分からないはずはなかった。

「善さん。あたくしたちも顔寄せ、楽しみにうかがわせてもらいますよ」

津祢次は、口元で笑っていた。

香四郎は盃に口をつけただけで、呑んでなかった。

一方の縫之助は知らず盃を重ねて、香四郎の手を借りるほど酔うと離れの座敷に運ばれていた。

津祢次は善八と示し合わせたように、付き従ってきた小女や寅之丞を剝がしていった。

「ちょいと、お鶴ちゃん。おまさと一緒に、一家の台所を手伝っておいで。お種は、あたしと明日の稽古だよ」

連れ出してしまえば、二度と離れに戻すような間抜けはしない。

善八も殊勝な顔で、寅之丞に頭を下げてつぶやいた。

「お小姓さま。うちの谷五郎が例の沼口一家の旦那筋の話があると、母屋へいらしていただきたいそうで」

「殿にでなく、わたしにか」

「はっきりしたわけではないようで、ひとまず先生が知る前にと」

「直に伝えてはならぬか」

「へい。日本橋に出店があると聞きましたのです。確か寅之丞さまは、両替商さんをよくご存じだとか」

「平松屋だ。殿より、わたしのほうが親しい両替商である。聞き知っている商家かもしれぬな」

ふたつ返事で、寅之丞は善八のあとに随いて行った。

二人が残された。

夜は更け、おぼろの月が空にうかんでいるらしく、障子ごしに映る春の宵が淡く匂っていた。

「これ、縫之助どの。しっかりいたせ。苦しくはないか、吐くようなれば桶を持って参る」

「水、お水をくださいな」

「分かった。汲んでこよう」

小さな庭だが、井戸があった。

下駄をつっかけた香四郎は、春の夜空を見上げた。寒さは遠のき、初夏を予感させた。

手桶に水を汲むと、座敷に戻った。

「苦しい、暑いの……」

帯を解き、着物を脱ぎはじめていた。

「縫之助どの、水を持って参った」

「誰が、縫之助なものか。あたしは、お縫と申します」

「なれば、お縫どの。薄着では風邪をひく」

「お縫と呼び捨てて下さいましよ」

「………」

酔った女を介抱したことはなかったし、どう扱うものかも分からなかった。

「水を下さいな」

「うむ。さ、この湯呑で」

手桶の水を、棚にある碗に移して縫之助に渡した。

パシャ。

湯呑は女の手からこぼれ落ち、畳を濡らしてしまった。

「これ。無作法は、いかん」

言いながら二杯目を注いで渡すと、香四郎の手を縫之助がつかんだ。

「飲ませて……」

「そうか、力が入らぬか。困った酔っ払いである」

障子ごしの、ごく淡い月あかりの中、女の唇が濡れ光った。

「――――」

喉がカラカラになったのは香四郎で、手にしていた碗をおのれの口へあてた。

飲んだ。

つづけて飲むと、女を引き寄せて唇を重ねた。

飲め。

含んだ水を、重なった口へ注ぎ込んだ。

「う、うっ」

ゴクリと音を立てたのを聞いて、香四郎は口を吸った。

酒くさいことが、獣（けもの）のような情欲を燃え上がらせた。

女の胸元に手を掛け、肌を剝（む）いた。

芸人だ。女郎でも、町娘でも、人の女房でも、武家の奥方であったとしても、
香四郎は手を止めなかったろう。

止められないのが、色欲である。

後先が分らなくなってこその、色恋となっていた。

互いが求め、どうにでもしてと体を開く雌と、ただただ突き進む雄は、獣仕立ての内裏雛を見せつつあった。

男の首に、白い腕が絡みついた。

ほのかな薫りは、女の芯から湧き上がって止まることがなかった。

素人の女と言えるのか、分からない。が、香四郎には、遊女ではない初めての女となっていた。

玄人女とちがって、手順がはっきり分からないのが、香四郎を嬉しくさせた。

心を通わせるとか、恋ごころが芽生えたとか、次はどうするかなど、考えられなかった。

気づかない内に、裸が重なっていた。

夜具は敷かれていないが、廓見世のような毳々しい設えでもなければ、毒々しい佇まいのない分、実が満ちている気にさせられた。

香四郎がなんとか考えられたのは、ここまでである。

肉の薫りが強くなるに従い、気が遠くなってしまいそうになった。

腰のあたりが熱を帯び、息が荒れはじめると、額の前のほうから興奮して、どこかへ飛んでしまう気にさせられた。

一瞬のふるえがきて、香四郎は果てた。

蛇の交尾のように、いつまでも絡んだまま離れないままだった。

五

香四郎が目を覚ましたのは、明け方に近い七ツ半刻（どき）である。

横に寝ていたはずの、お縫はいなかった。

障子を開けて外を見まわしたが女の影はなく、草履（ぞうり）がなくなっていた。

まだ暗い。

――恥ずかしくなり、逃げ帰ったのか。

思ったものの、母屋（おもや）のほうは雨戸が閉まっている。

毎年のように訪れているところには、迎え入れてくれる人なり家があるのだろうか。

「それとも」

香四郎は、幕府役人と情を交わしたことに恐れを抱いたかと、下駄を履いて外に出た。

お縫が、自ら命を絶つのではないかである。

庭木戸から出たものの月はなく、明けの星が光るだけの、闇に近い夜明け前だった。

知らない土地だが、女が死ぬのは川よりほかにないと、わずかに聞こえてくる川波の音を頼りに足を早めた。

土堤(どて)の高いところに立った香四郎は、川下を見渡した。

それらしい姿の見えるはずはなく、飛び込んだとすれば、すでに流されているはずである。

死んでしまったなら、手遅れである。しかし、女が死ぬことに気づけないでいた自分が情けなかった。

春の終わりとはいえ、明け方の川風は身に堪(こた)えた。

川下に向かって小半丁(こはんちょう)も歩いたが、香四郎の足取りは重かった。

女芸人縫之助が、女として素人であれば、子を孕(はら)むことも考えられた。

玄人とされる女郎は、子を産めないという。まちがいないだろう。日に数人をも相手にする女がいちいち懐胎しては、廓見世は赤子だらけになるし、腹の迫り出した女郎などいるわけがない。

また世間で言われる堕胎が頻繁におこなわれるなら、女の多くは孕んだ子とともに死んでしまうのが、子堕ろしだった。

中条流の名をもつ堕胎は、武家の娘や大店の後家に限られるのだ。値も張る上に、これもまた命がけとされているのだ。

素人が孕むことは、産むしかないのである。

お縫が子を宿したかどうか、決まったわけではない。

——昨日の今日。血迷うこともなかろう。

思い直した香四郎は、地蔵堂らしきものが明るんできた空の下に見えたので、土堤を下りていった。

古くもないお堂は黒い瓦屋根をもち、田圃ばかりがつづく幸手村にひときわ異彩を放っていた。

引き寄せられるように、香四郎はわずかに開いていた観音開きの戸に目を寄せた。

暗い中に、蠟燭が一本だけ点っている。その前に膝まずいていたのは、紛れもなくお縫だった。

「…………」

声を掛けるのが躊躇われたのは、お縫の振る舞いがあまりに真摯だったからである。

一途というのか、ひたむきさが香四郎を寄せつけなかった。

——なにを祈っている。念じているのか、あるいは呪っているのか……。そうか木戸銭を取らないのは、この村への恩義か。

お縫は左右の手を合わせ、互いの指を重ねて握っていた。

掌を合わせる拝み方ではなく、痛みに耐えているような姿が、香四郎をじっと動かないままにさせた。

聞こえないが、お縫は口の中で呪文らしいものをとなえているようだった。

人が祈りを捧げるのを邪魔してはならないが、小さな娘が一心に念じる穢れない様子に重なってきた。

こんな女と知っていたなら、とても抱けなかったろう。それほど神々しさにあふれて見えた。

しばらくすると、お縫は蠟燭の火を消して、頭から被っていたらしい紗の布を取った。

それと分からない布は、香四郎が初めて目にしたもので、雲母を散らしているのかところどころ小さく輝いていた。

お縫は布を懐に納め、立ち上がった。

「――――」

香四郎を見て、異様なほどおどろいた。

「おどろかせるつもりはない。見惚れておったのだ」

「……。なにをご覧になったのです」

「なにと言われても、お縫どのの一心不乱な姿を」

「ほ、ほかには」

「他と言われると、困ったな。紗の被りものをしておったか」

「あれは、む、虫除けです」

「夏が近い。そうか、虫除けであったか。ところで、ここの地蔵尊は霊験あらたかのようである」

進み出た香四郎を、お縫はそれとなく遮った。

「子安地蔵で、殿方にはいささか」

安産や子どもの延命を託す地蔵は、諸国にある。

香四郎は堕胎の件を思いおこし、立ち止まってしまった。

夜が明けてきた。

扉が開いている地蔵堂が明るんでくるに従い、地蔵尊のかたちが知れてきた。

右の腕に赤子を抱える珍しい地蔵で、女の像にも見えた。

「女だけが参るところでございます」

お縫はひと晩の契り相手となった香四郎に、照れひとつ見せることなく、邪険な力で外へと押し出してきた。

——素人女とは、一度でも身を捧げてしまうと、つれなくなるか……。

がっかりしたのではなく、女夫になった気がしてきた香四郎だった。

が、連れだって戻るわけにもいかず、香四郎はひと足先に一家の離れに向かうしかなかった。

関一家の離れには、朝餉の仕度が調っていた。

「武州の、田舎めしです。お口に合いませんでしたら、若いのを仕出し屋へ走らせます」

谷五郎が言うのを、香四郎は手をふって箸を取った。

お縫のことも、昨夜のことも口の端にものぼらせないのは、谷五郎の心づかいだろう。

寅之丞も口止めされているのか、美味しそうに食べはじめた。

いつになく旨い朝餉となっていた。

箸を置いた香四郎は、谷五郎に顔を向けた。

「つかぬことを訊ねるが、川べりの土堤は大層眺めのよいところであった」

「坂東太郎の分流ってぇ言うのだそうですが、権現堂川は度々氾濫いたします。それであんなに高い、壁ほどの土を盛っております」

谷五郎たちも数年に一度、土堤の修復に駆り出されると笑った。

「博打うちなんぞ、人足と同じです」

「堅気の仕事も、よいではないか。ところで、その土堤下に小さいが立派な地蔵堂があった。宿場でもない幸手は、信心ぶかいところと見た」

「あれに、気づきましたか。もう二十五年ばかりになりますか、いきなり建てられましたです」

「古くからの地蔵堂を、建て直したのではないのか」

「へい。村の納屋だったところで、使い走りでしかなかったあっしも、普請の手伝いをしました」

「子安地蔵とかのようだが、流行り病で大勢が死んだのか」

「いいえ、まったく。安置した地蔵の名は、子胎延命地蔵と申しまして、赤子を抱えた母親の姿をしています。土地の女どもは、イメス様とかと呼んでまして、掃除を欠かしません」

「イメスと……」

「へい。よく見ると奇妙な地蔵で、手にしている錫杖に、魚と蛇が刻まれてます。のちほど、ご覧になるとよろしいでしょう」

「左様か」

　香四郎はふたたび箸を取ると、塩の強い味噌汁をすすった。

「殿。地蔵尊に魚だけなら分かりますが、蛇とは珍しいというか、気味のよいものではありませんね。それにイメスとは、なんでしょうか」

「腹ごなしに、参ろう」

「はい。江戸しか知らないわたくしには、面白い土産話になるかもしれません」

寅之丞は飯のお代わりをした。

田植えには間がある。白鷺が泥鰌を漁っていた。

見渡す限り広がる田が、土堤の上から眺められた。

「川が帯のようですね。江戸の大川とは、比べものにならないほど、長閑です」

「江戸を捨てて、ここに生涯を暮らす気になったか」

「退屈しそうです」

「小賢しいこと。退屈は、いやか」

「老人になったとき、考えます」

「辻駕籠ひとつない在所では、歩くのも厄介だぞ」

「銭をたくわえ、名主邸を買い取って雇い人を抱えるなら、楽隠居ですね」

「おまえまで、銭の話をするとは……」

「冗談です。半分」

「半分か」

呆れた顔をして見せた香四郎だが、地蔵堂が近づいたので、土堤を下りた。

武州葛飾郡幸手領上吉羽村一ツ谷出生　俗名鳥海久治良　子胎延命地蔵大菩薩　文政三庚辰四月吉日　同郡権現堂新田村庵ニ而建之　イメス智言

石像の後ろに彫られた文字は、そう読めた。

寅之丞が首を傾げた。

「智言ではなく、智信ではありませんかね」

「…………」

谷五郎の言ったとおり、錫杖には魚と蛇が刻まれている。

なぜか、香四郎は踏み絵を思った。

——隠れ切支丹か。

遠い九州ではなく江戸に近い武州に、そうした連中がいるとは思えない。

ところが、お縫は祈りつづけていたのである。毎年二回、木戸銭を取らずに義太夫を語りに来る旅芸人一座。

江戸の両替商の言った異国船の出没と、重なってきた。

——まさか。

香四郎は、少し青ざめた。

――情を交した女が、幕府第一のご法度に抵触するとなると……。

「火刑(ひあぶり)だ」

〈四〉地蔵の名は、マリヤ

一

香四郎は、西ノ丸徒目付心得である。

上役の佐々木重成が命じたのが、武州葛飾郡幸手村への巡検だった。

天領となっている幸手村に、不穏な動きがあるとは言わなかった。また取り立てるほど悪辣な賊の名も、聞かされていない。

なるほど谷五郎のような博徒はいたが、天保の改革で締めつけられた連中が江戸を出て、関八州に散った者たちを抱えただけである。

幕府にしても、やくざ者同士が江戸府外の地で潰し合ってくれれば、これに勝る僥倖はなかろう。

出入りの終わりを見計らって捕縛すれば、一石二鳥となるのだ。

労せずして悪を退治でき、荒稼ぎした寺銭まで取り上げることになる。目付心得の香四郎の初仕事が、博徒の探索であるなら、それなりの対処はできたかもしれない。

草鞋を脱いだ谷五郎の関一家に肩入れをして、敵対する沼口一家を潰せば、新参目付の香四郎は相応の評価をされるだろう。

しかし、天下のご法度となる切支丹禁令に引っ掛かるとしか思えない石像を、香四郎は目にしてしまったのだ。

――目付頭の佐々木は、それを知った上で、このおれを……。

江戸に帰って、問い返せることではない。

香四郎が口に出したが最後、切支丹でなくとも女芸人一座は火刑となるにちがいなかった。

下駄の足音をさせ、寅之丞が母屋から真剣な面持ちで戻ってきた。

「殿、詳しい話を聞いて参りました」

「申せ」

「先刻の地蔵菩薩ですが、土地の者はマリヤ地蔵と呼んでいるそうです」

「――。マリと申すなら、ま、摩利支天の一つではないか」

思わず、上ずった声を出した香四郎だった。

「わたくしも、そう考えました。武士の守り本尊、摩利支天であろうと。しかし、赤子を抱える地蔵菩薩である上に、詣でるのは土地の百姓ばかりという話なのです」

「…………」

かつて香四郎は、訳された蘭書を部屋住仲間のあいだで、廻し読みしたことがあった。

マリヤとは、切支丹の神とされるイエズスの母であり、信仰の対象とされていた。

蘭書を貸してくれた次男坊仲間が、感心してつぶやいた。

「聖なるゆえ踏み絵にもなっていると聞いたが、われらとて母というだけで、儒の教えの中、足の下には置けぬだろう」

切支丹でなくても、母を踏める者はおるまいと、仲間同士で幕府の切支丹への遺恨が凄まじいことを話したものである。

が、物語としてしか知らない九州島原の天草四郎の乱を最後に、切支丹は全滅したと部屋住の者たちは信じていた。

「香四郎も、同じ四郎だ。四とは、死に通ずるゆえ、おまえも火刑になるか。あはは」

下らない語呂あわせと笑ったが、今それが香四郎の身に起きようとしていた。

「幕臣が、隠れ切支丹と情を通じるとは、いかなること」

公儀の裁きで、極刑となるものと決まっていた。

お縫はもちろん、香四郎の縁者は寅之丞も含めて、よくて遠島となるのはまちがいなかった。

「いかがなされました。殿、顔いろがすぐれないご様子ですが」

「なに、季節の変わり目、それも慣れぬ土地ゆえの体の不調であろう」

「であるならよろしいのですが、江戸の色里で良からぬ瘡なる病を伝染され、今になってそれが出たのではと、気にしております」

「元服したばかりの侍が、左様なことを口にするな」

「殿はわたくしを子ども扱いなされますが、大人となって大事なのは、身の危険回避ではありませんか」

「危険をおぼえるのなら、どこであっても、女買いなどするでない」

「分かりました。仰せのとおり、縫之助一座の小女の袖でも引くことにいたします」

「――――」

知っているようだ。香四郎と縫之助が理ない仲に落ちたことを、である。

「どうしたものですか、殿の様子を見ていると、鳶に油揚げを攫われたにもかかわらず、虚ろを見せる為体ぶり。香四郎さまらしくありません」

「………………」

「ご安心ねがいます。わたくし一座の女に、ちょっかいを出したりいたしません。あはは」

寅之丞が陽気になればなるほど、香四郎は遣る瀬なくなってきた。

――両替商の平松屋伝助、目付頭の佐々木重成、この五月女寅之丞と、掌の上で手玉に取られつづけているのではないか。

「寅之丞。いや、五月女どの。このわたしを、誰かに頼まれて誑しておるか」

「――。いきなり、なにを仰せです。狐でも憑きましたか。しっかりしていただかねば、沼口一家を叩くという用心棒役が、務まりません」

そうだった。幸いなことには、切支丹地蔵であることに、誰も気づいていないのだ。

香四郎が狼狽えて一人相撲を取っては、藪蛇になってしまう。

「谷五郎親分はまだ、沼口一家の粗を見つけておらぬのか」

「そうでした。それを伝えに参ったのです。先ほど、代貸の善八が助十から聞いたという話を、わたくしにしにしました」

「助十、というのは」

「色の黒い、炭団野郎の名です。なんでも、沼口の熊蔵を操っているらしい商人は、上総屋松右衛門。江戸日本橋に出店を持つ関宿の川舟問屋だそうで、わたくしが江戸の平松屋に松右衛門の人となりを訊ねてみようと、飛脚を頼んできたところです」

「河岸に近い土地は、川舟商売は盛んなようだ。それが江戸にまで出店とは、稼ぎも多いのだろう」

「やくざ者は、銭の匂いに敏感です」

「江戸の平松屋の伝助ほどではあるまい」

「ははは」

香四郎はおれを手玉に取るかと皮肉を言ったつもりでいたが、寅之丞は慌てる素ぶりもなかった。

二

なにもせずに居候(いそうろう)でいるのは、座敷牢にいるような気にさせられた。が、下手に動けば、マリヤ地蔵が不審な目で見られてしまう。

香四郎の気持ちは、隠れ切支丹にまちがいないとの確信ができ上がっていた。

陽が長くなった春の終わり、用心棒が見せられるのは、庭に出て木剣を振ることくらいだった。

出てみたものの、関一家の子分どもは谷五郎の意を受けて、近在に散って留守である。

寅之丞も外に出たらしく、香四郎はひとり木剣を振っていた。

ブン、ブゥン。

風を切る音だけが、広くもない庭に谺(こだま)した。

汗は冷たく、幾ら振っても体は熱くならなかった。

お縫が踏み絵の前で崩折(くずお)れる姿が、目にちらついてくる。

木にくくりつけられ、火刑(ひあぶり)になる様を打ち消そうと振りつづけるほど、苦悶にゆがむ女芸人の顔が迫ってきた。

火刑ではなく打ち首獄門となり、あさましい姿でも目にできるなら、香四郎はその首を奪って、ねんごろに弔うことができるのにと思った。

焼け焦げた骨が地面に散る火刑だけには、なってほしくない。

「お縫」

小さく叫んで、木剣を振り下ろした。

「――――」

庭木戸の脇に人影が立ち、香四郎がふり向いて見たものは、お縫その人だった。

上背のあるはずの身が小さく見えるばかりか、三日月の眉が切なげに下がって、唇がふるえていた。

「いかがしてか」

「あの、話しておかねばいけないと……」

見た目ばかりか、声まで力が失せた女芸人となっていた。

切支丹であることを、香四郎に見抜かれたと思えば、ふるえないはずがなかった。

「座敷へ、上がるがよい」

「できません」

「明るい内から、どうこうしようとは申さぬ。話しづらいのであろうから、さぁ中へ」

香四郎は濡縁に上がったが、お縫は下駄を脱ぐことなく、腰だけ下ろして庭に向かうかたちとなった。

「人に聞かれるぞ。口にしづらい話ではないのか」

「ここでよろしいのでございます。申し上げねばならぬことを、話しに参りましたのです」

香四郎が江戸の幕臣であると知った上で、言い訳をしようというのだろうか。それともマリヤ地蔵は誤解されやすいが、旅芸人の守り本尊にすぎないと口封じにやってきたかの、どちらかだろう。

いずれにしても、お縫の顔には覚悟が見て取れた。

後れ毛をかき上げる女芸人を、斜め後ろから見るところに、香四郎は腰を下ろした。

目を合わせる位置では、言いづらかろうとの香四郎なりの配慮だった。

なかなか話しださないのは、天下一のご法度という重い理由があるからにちがいあるまい。

夜明け前まで同衾（どうきん）していたにもかかわらず、お縫は遠いところにいるように見えた。

一度枕を交わすと、もう夫婦同然になってしまう女でなかったことは、香四郎を喜ばせた。

「お縫どの、遠慮はいらぬ。申したいことを、聞こう」

「縫之助でございます。これからは、そう呼んで下さいまし」

水くさいとは思ったが、それもまた旅芸人の仕来（しきた）りなのかと、香四郎は言い直した。

「なれば縫之助どの、話をしてくれ」

促したが、お縫は黙ってうなずくだけだった。

代わりに空高く円を描く鳶（とび）が、ヒュルルと鳴いた。

「昨夜の無礼を、まことに申しわけなく思っております」

「無礼などと、おれは思わぬ」

「いいえ。わたしは、取り返しのつかない過（あやま）ちを、犯してしまったのです……」

旅芸人にもかかわらず、初心（うぶ）にすぎるお縫に、香四郎は無言で首をふった。

「わたしは、主(ぬし)ある身にありながら、操(みさお)を破ってしまいました」

「そなたには、夫(おっと)がおるか」

年増(としま)の美人に、亭主なり旦那がいて不思議はない。むしろ当然だった。

おそらく昨夜のことが洩れ、亭主が猛(たけ)り狂ったのだろうと想われた。

銭(かね)で片をつけるか、さもなくば果し合いになるぞと、亭主から掛け合いに行けと命じられたのだ。

「罪深い女に堕ちました。もう、信じていただけなくなったのです」

「死ぬな。自ら命を絶っても、救われはせぬぞ」

「はい。それだけは強い戒(いまし)めとして、教えられています」

武家女であったならまちがいなく自害するはずが、女芸人の世界は生きていてこその考えに、香四郎はひとまずの安堵をした。

「分かった。それを申すためあらわれたとは、殊勝(しゅしょう)である。狡(ずる)い言いようだが、なにもなかったことに致そう。お縫どのの、いや縫之助どののご亭主に、なにか思いちがいをしておると申し開きに行ってもよい」

「いえ、それはできないのです」

「怖がるものではない。ご亭主と果し合うつもりはないし、諍(いさか)うこともないだろう。それとも銭か」

お縫はがっかりした様子を肩に見せ、ゆっくり香四郎をふり返った。

「お侍さまは、勘ちがいをなさっておられます。わたくしの申す主というのは、人ではございません」

「人ではないと申すと、鬼あるいは天狗の類か」

「ふっ」

小さく笑ったお縫の顔が、昨夜とはちがって見えたものの、色は立っていた。

「神さま、って申し上げたら信じていただけますすか」

「亭主は宮司か」

香四郎のことばに、お縫は吹き出しそうな顔をして、両手で口を押えた。

「わたくしの神さまは、天の高いところに在わすのです」

思わず空を仰いだ香四郎だが、鳶の一頭もいなくなっていた。

お縫は両手を握り合わせ、空を見上げながら目を閉じた。

「――――」

香四郎は声にならない声を発して、女芸人の顔を見つめた。

天に在わす神とは、かつて伴天連信者が殉死したときに放った主を指すものだったと、記憶を甦らせたのである。

「そなた。き、切――」

「口になさらないで、どうか。罪を犯したわたくしです。代官所へ突き出すなり、この場で斬って捨てるなり、どうなさろうとよろしいのです」

「なにもせぬ。また、なにも言わぬ。お縫どの、黙って帰れ。おれは、なにも聞いておらぬ」

白状するには及ばなかったと、香四郎は小さいながら強い声で言い放った。

「主に嘘をつくのが、もっともいけないこと。イメス様に仕える者は、まちがいを犯せば懺悔しなければならないのです」

「まちがいであったと……」

取りつく島もないとは、まさにこれだった。

損得どころか、善悪、美醜を呑み込むほどの信心深さに、香四郎は異常なまでの強さを見ていた。

香四郎がなにを言っても、気休めにもならないことは、女の涼しげな目で分かった。

「これで少しですが、肩の荷が下りました。罪を懺悔できましたので、失礼させていただきます」

立ち上がると、お縫は深々と頭を下げて出ていってしまった。

お縫が知っているかどうか分からないが、江戸城西ノ丸の目付の香四郎へ、自分は切支丹の信者だと断言したのである。

潔さを通り越した凛々しく誠実な女芸人に、無垢な美しさをおぼえた香四郎だったが、雷に打たれたように竦んでいた。

なにも手につかないまま、お縫が見上げた空を眺めるだけだった。

三

夕暮どき、炭団の助十が香四郎を呼びにあらわれた。

「親分の谷五郎が、先生に母屋へおいでいただきてぇと申しております」

まだ手に木剣を握っていたほど、香四郎は悄然としていたらしく、助十は同じことばをくり返した。

「そうか、参ろう」

庭下駄をつっかけて母屋に入ると、谷五郎や善八らが雁首を揃え、子分たちが十五人ほどあつまっていた。

その中に寅之丞もいて、ここへと居間の中央にすわらされた。

「大勢がとなると、いよいよ出入りになるか」

「かもしれませんが、その前に先生へおねがいがございますので、来ていただいたわけで……」

用件なら、谷五郎が離れに出向き、伝えるものである。それを呼びつけたところに、理由がありそうだった。

代貸の善八が、口を開いた。

「たった一日ですが、こいつらに沼口一家の評判を聞いて来いと送り出しました。案の定、百姓人足の上前を撥ねるのは当り前、博打をおぼえさせて借銭はもちろん、返せないなら娘の体でと、好き勝手のし放題。その沼口が川を渡って、こっち側に来はじめたんでございます」

「縄張りを荒らすか」

「へい。そんな真似は、関一家の腕にかけてもさせませんが、沼口の熊蔵は、その前に奇妙な話を持ちかけてきたんです……」

「奇妙なとは」

「母屋に草鞋を脱いでいる縫之助さんを、拝借してぇと言うんです」

川向こうの関宿城下に女義太夫をと、熊蔵は頼みに来たというものだった。

「なにか支障があるのか」

「うちが付き合っている一家なら、ふたつ返事で送り出します。けど、浄瑠璃も芝居も打ったことのない熊蔵でござんして、送り込んだが最後、女郎屋にでも売られたらと、考えてしまったわけです」

「断われば、済む話ではないか」

「それが、おかしな脅しをされましたんで……」

「――――」

脅しと聞いて、香四郎は切支丹の一件かと身構えた。

「先生。なにか心あたりでもござんすか」

「いいや、いよいよ出入りとなるかと思ったのだ」

「たぶん出入りは、ございません。熊蔵の言うには、女義太夫に地蔵菩薩の恩があるはずだと訊けば分かると言うんです」

「お縫どの、いや縫之助どのは受けると申したのか」

「へい。それで先生へのおねがいというのは、縫之助一座の用心棒として、随いて行ってもらえないかというのです」

本来なら自分たちが行くべきだが、やくざ者同士だと反目しやすい。香四郎であれば、女芸人たちを守りながら、一家同士の争いを避けられるとの話だった。

「引き受けよう」

「ありがてぇ。助かります」

大勢の子分をあつめた理由は、香四郎が熊蔵の脅しが理不尽と首を傾げた場合、出入りをするぞと号令を掛けるためだったという。

子分たちは一様に安堵の顔をしあい、肩の力を抜いた。

が、香四郎の肩には、力が入った。

関宿城下の沼口熊蔵は、お縫が隠れ切支丹であると、気づいていると想像できたからである。

芸ごとに無縁の熊蔵であれば、ご禁制を盾にお縫を辱めるだろう。

——そうさせてなるものか。

「で、一座の出立は」

「明日の夕刻七ツすぎにと、伝えてあります」

「うむ。訊ねるが、沼口一家の総勢はどれほどか」

「二十人は、いつも巣くっているようです。うちよりは多いでしょう」

「わたくしも随いて参って、よろしいのでしょうね。殿」

寅之丞が名乗り出たが、香四郎は首をふった。

「付き添う者の少ないほうが、騒ぎを見ずに済む。用心棒は、おれ一人で十分だ」

香四郎の腹は決まっていた。

マリヤ地蔵とお縫の関わりを知る熊蔵を、斬って捨てるのだ。

ほかにも知る者がいれば、これも斬る。

御家人の香四郎は、西ノ丸とはいえ徒目付に列する役人である。武州巡検中に無礼を働かれたと申し出れば、咎められないであろう。

幕府に処されるのが怖いのではなく、お縫が隠れ切支丹であることを、誰にも知られたくないとの一心だった。


その晩、香四郎は寝つけないまま、幾度となく寝返りを打った。

大小の太刀を確かめ、小柄の具合まで手に取り、使い勝手を見定めていた。

「殿。まだお休みではありませんのですか」

「いや、もう横になるよ」

控えの部屋に居る寅之丞への曖昧(あいまい)な返事は、自分でもいやになった。

香四郎は、まだ人を手に掛けたことがない。

六十余州どこを見渡しても、罪人の介錯人(かいしゃくにん)のほかに人を斬った侍は、辻斬りしかいないだろう。

辻斬りとて、ここ何年も耳にしたことはなかった。

ましてや武士による町人の切捨御免など、無礼討ちという名で『公事方御定書(くじかたおさだめがき)』に明記されていることさえ、忘れられている今となっていた。

――おのが太刀の、斬れ味を試すだけ……。

軽く考えようと努めた。

が、巧く斬れないと、聞いている。よほどの手練(てだ)れでない限り、一撃で仕留めるのは至難との話だった。

「斬り捨てるのではなく、心ノ臓なり喉元を突きさえすればよい……」

「なにか、仰(おお)せでございますか」

「寝言である。あはは」

寅之丞が忠実な中小姓（ちゅうごしょう）であるほど、香四郎には心苦しかった。

若い者ゆえと考えを至らせると、香四郎は幼いころを思い出した。

男児は意味もなく、道端に這（は）う蚯蚓（みみず）や列をなす蟻を踏み潰すことに、得もいわれぬ愉快をおぼえるのではないか。

踏み潰される虫には迷惑だろうが、子どもの自分は残忍な誇りを感じたはずだった。

沼口一家の熊蔵は虫けらにすぎないと、熊の名をもつ獣の顔を想い描いて、ようやく眠りに就けた。


春も終わりに近づいた昼下がり、絹糸を見るような雨が降りはじめた。

母屋からは、義太夫を稽古する三味線の音が聞こえ、香四郎は耳を澄ました。

湿め り気の多い中では、絃（いと）のつくる音が沈むようである。

眠りが浅かったと少し横になったものの、生欠伸（なまあくび）が出てくるだけだった。

が、昨夜あれほど考え込んだ殺生も、蟻か蚯蚓と思うことで、気持ちが重苦しくなることもなくなっていた。

無礼討ちにならなくても、妻や子のある香四郎ではない上、幸いなことに実家の峰近を離れ、今や御家人吉井の当主である。

幕臣として不届至極と、改易されたところで悲しむ者は多くなかろう。

浪人となって寺子屋の師となるも、町道場の師範代となるもよし。

男盛りの今こそ、人助けができるのだ。

「ひと夜の女のためであって、なにが悪い」

ことばにしたとたん、香四郎はご禁制の切支丹を是認している自分に気づいた。

——なにゆえに、幕府は禁教としたのであろう……。

二百年以上も昔と今では、切支丹の教えもちがってきているのではないか。

できるなら、お縫が入信した理由を、訊ねてみたかった。というのも、武士にとって大事な忠義を、信者が掛け値なしで身につけていられたからである。

信念にも近い忠誠ぶりは、幕府がもっとも好む姿だった。

四

絹糸のような雨は、止んでいなかった。

香四郎は仕度を確かめ、母屋の表口に一座の女たちを待っていた。

あらわれた女たちのいつもながらの陽気さが、香四郎の心もちをさらに軽くさせた。

「知らない土地へ行くのでも、心強いお侍さまと一緒だと、浮き浮きしますね」

三味線の津祢次がことばにすると、女たちは大きくうなずいた。

見送る関一家の誰もが、天下のご法度が火種となっていることなど知らず、面白おかしく囃し立てた。

「竹本縫之助一座というより、お縫香四郎と名を変えますすべい」

「助十、呼び捨てではまずいぞ」

「なぁに、親分。浄瑠璃といえば、近松さんの昔から、おさん茂兵衛、お初徳兵衛、お染久松、梅川忠兵衛と、男と女の名が呼び捨てでねえか」

炭団の屁理屈に、女たちが笑った。

「となると、ふたりは手に手を取って道行になるのかしら」

「お鶴ちゃん。お縫ねえさんにいなくなられちゃ、おまんまの食い上げだよ」

「だったら、あたしは寅之丞さまと逃げることにする」

一家の表口が、笑いに包まれた。

ただ一人、香四郎だけは深刻な表情を崩せないままだった。

ところが、お縫は脅(おど)されているというのに、朗(ほが)らかな笑顔で見送りを受けていた。

切支丹信仰の強さなのか、香四郎には分からない。しかし、怯(おび)えて縮こまってしまわれるより、どれほどいいだろう。

「見送るのも、ほどほどにしろ。今晩には竹本縫之助として、義太夫を語るんだ。ほんの数日、長くても十日。それも川を隔てた目と鼻の先じゃねえか」

善八のことばに送られ、縫之助一座は傘をさしての出立(しゅったつ)となった。

香四郎は三歩ばかり後ろを、五人の女たちを見守るように歩くことにした。

先頭に、お縫。殿(しんがり)は、香四郎。

その隔(へだ)りは相合傘どころか、とてつもなく遠いものになってしまった。

ひと夜肌を合わせたがための縁遠さは、話し掛けることさえできなくなっていた。

お縫は、死ぬつもりでいるだろう。

香四郎は、沼口の熊蔵を叩き斬る腹でいる。

ともに退(の)っ引(ぴ)きならないところに追い詰められているのに、女が陽で、男が陰だった。

女たちはところどころにある商家を眺めては、田舎くさいと笑い、畑地の青物を見ながら夏が近いとはしゃいでいる。

権現堂河岸に出るまで、香四郎はうつむいたまま歩いた。

雨の中、河岸の渡し舟に乗り込み、対岸の関宿を目指すのだが、香四郎は用心棒として四方八方に目を配った。

幸いなことに、女たちと香四郎の六人だけで、舟はいっぱいになった。

川幅は半丁ほどもあり、雨の中を流れる水の色は深そうに見えた。

――転覆を仕掛けられたなら、五人すべてを救うことなどできない……。

考えすぎは、杞憂をつくり上げ、ますます香四郎を陰鬱にした。

「お侍さま、お加減がよろしくないのでしょうか」

お種が顔を覗き込んでくる。その丸顔も、屈託ひとつなかった。

「いや、どうということはない」

「川の渡しじゃ、船酔いなどないと思いますけど、もしかしてお侍さまは、水が苦手」

「苦手とは」

「泳げないのではありませんかしら」

「おまえ方は、泳ぐのか」

香四郎が嘘だろうとの目を向けると、抜き手の恰好をして泳げますと言い返してきた。

「五人とも泳ぎを――」

「旅先ではいろいろなことが起こります。丸木橋が外れたり、雇った舟に穴が開いていたり。女でも水練をやっておくんです」

「そうか。おれも上手くはないが、稽古をしたよ」

転覆させられても、溺れずに済むようだと安堵した。香四郎は、白い歯を見せた。

女たちも笑い、夏だったら一緒に泳げたのにと残念がった。

香四郎が水練の稽古をしたのは、本当である。

毎夏のいっとき、幕臣の中から選抜された者が、大川の橋下で水練をさせられた。

もっとも選抜とは名ばかりで、ほとんどが暇な部屋住だった。

下帯ひとつで、江戸の町なかとなる橋の袂に立つ。はじめは恥ずかしかったが、やがて町娘に鍛えた体を見せてやろうと、剣術の稽古に力を注ぎだした。

香四郎が相応の剣士となれたのは、この水練に端を発したといってよかった。

向かい岸の関宿にすぐ着くと、沼口一家の者たちが湧き出てきた。

冬眠していた熊や蛇のように、のっそり、のたりと、薄笑いをうかべているのが、一家の気質を見せていた。

「けっこうな、別嬪だべよ」

働くことを嫌い、平気で嘘がつけ、上の者に尻尾をふる連中だ。

谷五郎の関一家とは正反対の気質は、改革で締めつけが厳しかった江戸を逃れて来たにもかかわらず、武州でも楽をしようとの怠け癖が見てとれた。

刻限どおりに渡ってきた縫之助一座が、噂以上の女ぶりを見せている芸人たちを傘の下に見て、涎を垂らしそうな顔となった。

大年増の津祢次は外れるが、小女のお鶴とお種に女中のおまさまで愛嬌がある上に、若くて可愛い。

ところが一人、若侍が付添い役に来たと聞いて、汚ない顔を歪ませた。

「本物の、侍が来るとはの……」

「一座の受渡し役で、参った。厄介になる」

香四郎が丁重に頭を下げたことで、年嵩らしい男は居丈高になった。

「うちの親分がなんと言いなさるかのう」

が、男たちのお縫を見る目は女郎を前にしたときのそれで、切支丹という秘密を握っている者の目ではないようだ。

安心したわけではないが、香四郎にとって斬って捨てる人数は少ないほうがいい。

地回りと嫌われる与太者どもは、女一座を囲むようにして、一家へ先導した。

「お侍ぇさんには、寝床を別棟にせにゃならんべ」

「んだな。ちっとばかり離れとるけど、竹藪の中に畳のある納屋があるべ。あそこなら、失礼がなくていい」

熊蔵を叩き斬るところを女に見せたくない香四郎にとって、竹藪は好都合になる気がした。

沼口と名が入る提灯が左右に吊ってある表口には、見張りの男が二人立っていた。

谷五郎の関一家より大きな家は、以前は商家だったような黒瓦の屋根と土蔵が横につらなる威厳を見せつけた。

「どうじゃの。関のところより、立派つぅか、上等だべ」

博徒のたまり場としては、すべからく値の張りそうな設えだが、よく見ると掃除が行き届いていなかった。

とすれば、ここに巣食う連中も推して知るべしだ。

「親分。連れてめぇりやした」

敷居を跨いだ子分が中に声を掛けると、小柄で色の白い見るからに目端の利きそうな、商家の番頭ふうの四十男があらわれた。

女たちが傘を畳んで中に入ると、男は丁重な挨拶をした。

「よくおいで下さった。沼口の熊蔵が、わたしだ。よろしく頼みますよ」

「お招きにあずかりました竹本縫之助と、その一座でございます。しばらくお世話になります」

お縫たちには、興行主の名前と見た目が食いちがうことに慣れているのだろうが、香四郎は熊蔵の白鼠ぶりに戸惑った。

どう見ても、博徒の親分には思えないどころか、弱い女を脅すような卑怯者と余りに遠い物腰を見せているのだ。

「見てのとおり、愚図な野郎ばかりの男所帯。女手がまったくないので、手が空いたとき、若いお女中方に台所仕事を手伝っていただけると、こっちはありがたいのだが」

「よろしゅうございます。いくらでも用を言いつけて下さい」

熊蔵もお縫も、そつのない受け答えをしあった。

ほんとうに、これが切支丹の暴露を盾にやりあっている者同士なのかと、香四郎は思わずにいられなかった。

女たちの背後に、上背のある香四郎を見た熊蔵は首を傾げた。

子分の一人が、耳打ちをする。

わざとらしさのない笑顔の熊蔵は、香四郎の前に出てきた。

「気づかないでおりました。お詫び申します。一座のお守り役だそうで、ご苦労さまにございます」

頭の下げ方ひとつにも、無駄がなかった。

「吉井と申す。先ごろ禄を失い、関一家の居候となった者。厄介になる」

「頼もしそうなお体に、惚れぼれいたします。うちにも、お侍さまのようなお方に来ていただきたいですな……」

熊蔵の目が、香四郎の手を見ようとした。

が、香四郎の両手は、野袴の脇に入っている。剣術の稽古で生まれる独特な手の変形を、見せないでいたのだ。

どう思われたかものか知りようもないが、第一の関門は突破できたようである。

「長旅ではなかったでしょうが、今晩は口開けということで一家の者たちに芸を見せてもらい、ひとまずお休みいただきますか」

香四郎と五人の女は、草鞋を脱ぐことになった。


とりあえずは、香四郎も一緒に八畳間へ招じられた。

女たちが着替えるので、香四郎は廊下に出ることにした。

三下とおぼしき若いのが盆に湯茶を運んできたので、着替えの最中だと言って中に入るのを止めさせ、ついでに話を聞いた。

「親分どのに武州訛りはないようだが、当地の出ではないのか」

いきなり訊ねられた三下だったが、よく問われる話のようで、甲州だそうですと慣れた口で答えた。

「ここへは、いつから参っておる」

「まだ三年とかで、またたくまに一家を大きくしたべな」

「熊蔵どのは、人が好さそうであるな」

「えっ」

考えてもみなかったことばだったのか、三下は一瞬なんのことかと迷ったようだが、とりあえずうなずいた。

どうやら身内の者には、甘くないようである。

襖(ふすま)ごしに女の声が立って、三下は盆を運び入れた。

甲州在の者に訛りがないとは、聞いたことがない。とするなら、熊蔵は嘘を言っているのだろうかと考えたものの、知っている者は少ないにちがいなかった。

訛りは国の手形とされている。どう気取っても、出てしまうのが訛りなのだ。諸国を渡り歩く商人(あきんど)だったとしても、相応の訛りは出てしまうものである。

挨拶したにすぎないが、熊蔵の口調に不自然なところはなかった。

しかし、ことばつきは江戸のそれともちがっていた。

「あっ――」

天啓ほどの閃(ひらめ)きだった。熊蔵は、武家の出ではないかである。それも幕臣で、甲州というのが嘘でないなら、甲府勤番侍だったのではないか。

幕臣の島流し先と言われる甲府勤番は、二度と戻ることのない処罰人事でしかなかった。

会ったばかりの熊蔵だったが、閉じ込められてしまうも同然の甲府勤番が務まるとは思えない性質に思えた。

——武士を捨て、ぐれたのではないか。あるいは、我慢ができなくなった熊蔵が甲州で不埒を働き、追放されたのかもしれない。

思いつきにすぎないが、辻褄は合っている。

隠れ切支丹の地蔵ではないかとの推量は、香四郎のように幕臣であれば気づけないことはないのだ。

「…………」

仕度した女たちの部屋にいる香四郎の耳に、暮六ツの鐘が聞こえたときと重なった。

「みなさん、ご用意はよろしいだべか」

子分が呼びに来た。

三味線の絃が弛んで仕方ないと、津祢次がぼやきながら立ち上がった。

「しょうがないわ、雨なんですもの」

雨は夜になり、激しく降りはじめていた。

案内されるまま廊下を進んだ先に、広い座敷が見えた。

燭台の灯りが幾つもあり、明るい舞台が設えてあった。

一段高い床が縫之助の語る場となっていて、義太夫特有の房つきの見台が置かれている。

香四郎は、客のほうを見た。

熊蔵の横に、いかにも大店の主人といった風格の五十男がすわっていた。

あの男が上総屋松右衛門にちがいあるまいと、舞台袖から眺めた。

好色そうな赤ら顔は、脂ぎって光っていた。

脅したお縫を人身御供として、熊蔵は差出すつもりだろう。

松右衛門とおぼしき男は、しきりに舞台を見まわし、美人芸人の登場を待っていた。

柝をつける役らしい子分に、親分の横にいる男は誰かと、香四郎は訊ねた。

「上総屋の大旦那で、わしらは足を向けて寝られねえ人だ」

やくざ世界によくあるであろう話、そのものだった。

ここでも銭が人の価値を決めているのだ。

香四郎は、松右衛門も手に掛けることになるかと、ふるまいを見つづけた。

でっぷりとした体、太い指、汗かきなのだろう間断なく手拭を顔や首にあてていた。

横にいる熊蔵が、松右衛門の耳元に囁いたときの手が、侍を見せた。

「――」

甲府勤番でなくとも、武士の成れの果てが熊蔵のようである。

熊蔵の腕がどれほどであっても、討たなければならない。

それだけが、イメス神を裏切って一夜をすごしてくれたお縫への、香四郎ができる恩義と信じた。

町人であれ無頼漢であれ、無礼討ちの相手なのだ。

よしんば西ノ丸徒目付心得として、その任を大いに逸脱したと甲州へ追いやられても、香四郎は甘んじて受けるつもりだった。

お縫はもう、香四郎には手の届かないところにいた。

以前にも増す恋情が、強くなっている香四郎だった。

チョーン。

鈍い析がつけられ、幕が開いた。

紘が弛みやすいと言った津祢次だが、太棹三味線の音は、唐紙をふるわせて余りあった。

やがて縫之助の低く澄んだ浄瑠璃が部屋に満ちると、男ばかりの座敷は静まり返った。

義太夫の演目は分からないが、男と女の道行であるらしいことは分かった。知らず目を閉じる香四郎は、お縫と自分に重ねあわせ、浄瑠璃という音曲（おんぎょく）に酔っていた。

辿り着く先は蓮（はす）の台（うてな）の極楽で、そこは銭も欲もない浄土世界である。

仏に深く帰依（きえ）する二人なら死に走れるのかもしれないが、切支丹の掟（おきて）では自死こそが最も重い罪なのだ。

目を開ける。そこにお縫の横顔が見えた。

ときに眉を寄せ、あるいは開き、髪に挿した簪（かんざし）が揺れるほどに喉を絞る。

白い頬にほんのり紅がのって、あごを小刻みにふっていた。

香四郎には縫之助ではなく、あの晩のお縫その人だった。

五

一段を語り終えて舞台袖に戻った縫之助は、汗ひとつ見せずに肩衣を外し、小女に白湯をと命じた。

三味線方の津祢次のほうは大汗で、着替えるよと小女たちに手伝わせた。

もう一段、語るようだ。

そこへ熊蔵があらわれ、今夜は口開けの小手調べゆえ、これで終いにしようと言ってきた。

「田舎者揃いでしてね、浄瑠璃よりデロレン祭文を喜ぶような連中なのだ。これは、少ないが」

熊蔵は言いながら、祝儀を出した。

あわせて、自分の横にいた上総屋の旦那からのも入っていると、祝儀袋の重さを見せるようにして言い添えた。

「片づけが済んだら、大したことはできないが酒の席に。頼みますよ」

香四郎は熊蔵の手にある竹刀胼胝らしいものを見て、侮れない男と見た。

「お侍さまも、どうぞご一緒に。無作法な野郎どもばかりですが、大目に見てやって下さいまし」

「なれば、同席いたそう」

かたちばかりの返事をした香四郎だったが、両手は袴の脇に入れたまま、熊蔵をやりすごした。


宴席には、三十人ほどがすわっていた。

座敷の中を上下に分け、上座に上総屋松右衛門、縫之助、熊蔵と並び、一家の主だった者が。その端に香四郎はすわった。

下座はすでに騒いでいる子分どもで、どの目も女芸人たちを盗み見ていた。

お鶴、お種、おまさの三人は酒を運ぶ役を買って出て、酌をしてまわるつもりのようだった。

津祢次が香四郎の横に着いてくれたのは、ありがたい気がした。

旅のあれこれを見てきた芸人であれば、客や贔屓たちの性情を見抜く目に長けているだろう。

席に着くなり、小声で訊ねた。

「上総屋という商人は、縫之助どのを狙っていると見たが」

「まちがいありませんね」

「寝ているところに、しのび込んで参るようなことはないのか」

「ございます」

「どう致す」

「女の芸人などは身分下と、あのような殿方は思い込んでいらっしゃいますが、お縫さんもあれで気が強うござんすから、追っ払いますですよ」

「力づくでは敵うまい」

「股間の急所を握りつぶしたこともあれば、差入れてきた男の舌を嚙んだときもあるようです」

「勇ましいのだな……」

死を怖れない切支丹信者というのなら、襲ってきた男が怒って荒れても、立ち向かうのだろう。

「ほんと。男に生まれるべき人だったんですよ」

言いながら、津祢次は盃を取って香四郎に手渡そうとした。

「いや、おれは下戸だ」

「そうでしたね。じゃ代わりにあたしが」

手酌をしようとした三味線弾きに、徳利を傾けてやった。

「いけませんですよ、お侍さまともあろうお方が、芸人なんかに」

「たった今、身分下と思われるのは心外だと申したではなかったか」

「恐れ入りやの鬼子母神（きしもじん）ですね」

笑いあった。

香四郎は、お縫の信心について津祢次に確かめたいのだが、どう訊けばよいものか分からないでいた。

隠れ切支丹が、お縫だけなのか、一座の全員がそうなのか。あるいは、ほかの女たちはなにも気づいていないのか、知っていながら口の端（は）にも乗せないものかまで、香四郎が問いただすだけで大ごとになるであろうと、分かっていたからである。

が、この座敷に切支丹がいることを知る男が、まちがいなくもう一人いた。にもかかわらず、お縫は川を渡ってやって来た。

——三途の川を渡ることに、恐れひとつ抱かぬのだ……。

覚悟の強さは尋常でなく、それでいて上総屋と盃のやり取りまでするお縫は、笑顔を絶やすことなく美しい横顔を見せている。

熊蔵はと見れば、これまた高らかに笑いながら、上総屋の機嫌を取っていた。

上総屋松右衛門は、切支丹のキの字も知らされていないのか、子どものように、はしゃいでいた。

あと一刻もすれば女芸人は自分の言いなりになるものと、信じて疑わない目をお縫に向けている。

——金玉を潰されるか、舌を嚙み切られたそのあとが、おれの出番か。

そして近くに控えているであろう熊蔵を、叩き斬れば終わる。

子分どもが駈けつけ、やりあってもいい。腕の一本、耳や鼻の一つくらいは落としてやるつもりだ。

「津祢次。用心棒として随いてきたのだ。縫之助どのが男と争った末、傷を負ってはなるまい。寝所だけは、教えてほしい」

「まぁ、理ない仲となったお方は、目つきがちがいますこと」

「揶揄うな」

「はい、はい。後にも先にも、貴方さまがたった一人の、情夫でございます」

「…………」

そうかと嬉しくなった香四郎だが、ことばにして返せなかった。

六

夜が更けても、香四郎の目は冴えていた。

お縫が寝る座敷は母屋の一番奥で、言うまでもなく上総屋松右衛門は酔い潰れたからと泊まることになった。

香四郎は、土蔵の二階に畳が持ち込まれて寝床を作られていた。

庭を挟んで目と鼻の先であれば、駈けつけるのは造作もないところではあった。

土蔵の二階には、外に向けて窓がある。先刻から香四郎は、窓越しに母屋を見下ろしていた。

雨は止んでいない。雨戸が立てられた母屋の中から、それらしい動きも音もなかった。

ひたすら目を凝らし、耳を澄ました。

ガチャン。

器の割れたような音が立ち、香四郎は太刀を手に下へ降りた。

土蔵の引戸に手を掛けた。

開かない。

いくら力を入れても、びくともしなかった。厚手の重い扉ではあるが、入ったとき閉めたのは香四郎で、わけなく動いたのを憶えている。

――やられた。

外から錠前を掛けられたのだ。

迂闊なことは今にはじまったわけではないが、用心棒の心構えではなかった。蹴破れる扉ではないし、土蔵の出入口は一つと決まっている。香四郎は二階に駈け戻り、窓に取りついてみた。

出ることはできたが、飛び下りては大怪我をする高さだ。

太刀を背に差し、降りしきる雨の中、土蔵の屋根に上るつもりで窓を出た。

雨に濡れた土蔵は、つかんだところが滑った。

――お縫の危急を救わなければ。

祈りたかった。

武士の守り本尊摩利支天を想ったと同時に、お縫がマリヤ地蔵に向かっていた祈りの手を思いおこした。

左右の指を握りしめながら軒先(のきさき)をつかんだ香四郎は、落ちることなく屋根に上がれた。

降りしきる夜の雨は、母屋から洩れてくる音をかき消していた。

屋根を伝って裏側に出ると、欅(けやき)の大木が同じ高さにまで迫っていた。

躊躇(ちゅうちょ)することなく、跳び移った。

芽生(めぶ)きはじめた青葉が、香四郎の顔をなでた。小枝が脚を傷つけ、ぬるりとした幹は体そのものをこすってきた。

着物が大雨の中で、まとわりついてくる。

脱ぎ捨てようとした。水練のときのように、下帯ひとつで動きまわりたかった。

脱ごうとしたとき——

背に挟んでいた太刀に気づいた。侍だった熊蔵を相手に、素手では太刀打ちできないことに。

大木を滑り下りた香四郎は、母屋の雨戸を蹴破った。

中から薄灯りが見て取れ、まっすぐに向かった。

「お縫。おるかっ、おるなら返事を致せ」

香四郎の声に、子分たちが躍り出た。

子分など相手にするつもりのない香四郎は、灯りの洩れる奥の部屋へ突き進んだ。

襖の取っ手に触れようとした正にその刹那、内からバタンと襖が倒れてきた。

蹴ったのは、松右衛門ではなく、熊蔵だった。

が、次に目にできたのは、身を起こしたお縫の白い肌である。

「大事ないかっ、お縫」

返事のくる前に、行灯の火に映えて銀色に光る刃が、振りおろされてきた。

ガチッ。

香四郎は抜き払っていた太刀で跳ね上げたつもりだった。

重すぎた。

熊蔵の膂力は、体つきに似合わない凄さで、香四郎の肩口まで届いた。

斬られなかったものの、香四郎は自分の刀身で骨を痛めた。

「――――」

「――――」

互いが、目を瞠った。

相手にはならないであろうと、高をくくっていたからである。

「博徒（ばくと）とは名ばかり。熊蔵、武士であったか」

「問答、無用っ」

熊蔵は太刀を横に払い、香四郎の胴を払いにきた。

八畳の座敷では、縦横に動きまわることはできない。天井も鴨居もある。

必然、館（やかた）稽古の実践となった。

香四郎が教わった師のいう館稽古とは、狭い屋内で使う太刀筋の習練で、剣をできる限り身に引きつけることを心がけるものだった。

敵の胴払いを、刃を脇に立てて凌（しの）いだ。

——胴田貫（どうたぬき）。

並の太刀より重い拵（こしら）えの胴田貫は、よほどの手練（てだ）れでないと扱えず、自身がふりまわされる銘刀とされていた。

これを相手の鍔迫（つばぜ）りあいは、勝ち味が薄くなる。香四郎の太刀が、刃を合わせるたび歯こぼれしだすのだ。

または、へし折られてしまう。

熊蔵には勝手知ったる家であり、太刀そのものも勝っていた。館稽古を知るくらいの香四郎では、負けろと言われているようなものだった。

それに加えて暗いのは、座敷の造りを知らない側に不利としか思えなかった。

刹那——

目の前が明るんだ。

火の手である。

行灯か燭台か分からないものの、火は唐紙に燃え移っていた。

——見える。

香四郎は熊蔵の立つ畳に目をやり、足捌きを見た。

——できる。

摺り足に、隙がない。黒足袋がしっかり足を包み込んで、思うまま動けるようだ。

正面で青眼に構えた熊蔵に、香四郎は低くなって突きの姿勢を取った。

火は盛ってきた。

背後に沼口一家の子分たちが、騒ぐのが聞こえる。

「水を掛けろっ。水だべ、水だぁ」

香四郎は、ずぶ濡れのままだった。額からも、雨の雫が落ちている。

——これだ。

熊蔵の足袋は乾いているが、香四郎は裸足のままで足裏が濡れていた。
畳への吸いつきが、勝っているのだ。
咄嗟に思いを至らせて、香四郎は右に左にと動いた。
それに呼応する熊蔵だったが、乾いた足袋は畳に吸いついていないのが見えたとき――
一歩踏み出した香四郎は、熊蔵の踵を軽く払って、懐に飛び込んだ。
足を滑らせた熊蔵の太刀は、香四郎の頭上を掠めた。
体の開いた熊蔵の喉元に、香四郎の剣先が深々と沈んでいった。
「ウグッ」
獣じみた声を上げ、熊蔵は膝から崩れた。
「あ、あぁっ」
悲鳴は上総屋松右衛門のもので、肥え太った肉が波打つほどにふるえるのが見えた。
熊蔵が吹き上げる血を浴び、屠られた猪を見るようだった。
お縫はと見れば、肌を隠すように寝巻を羽織り、醜い男たちを見下していた。
火は消し止められた。

大勢の子分たちが呆然（ぼうぜん）と立ち竦（すく）む中から、一座の女たちが縫之助のもとに駈け寄った。

恐れるものはないと、五人の女は手にした人形（ひとがた）のようなものを、胸元で握りしめた。

一座の五人は深夜、雨の中を出て行った。

お縫ばかりか、ほかの四人とも、香四郎はひと言もことばを交すことなく見送っていた。

どこへ去って行くのか、訊（たず）ねようと思わなかった。

無言で五人が深々とした会釈をしてきたことに、香四郎は言い知れぬ胸騒ぎをおぼえた。

香四郎の血刀は、雨で洗い浄められていた。

〈五〉老中、香四郎を呼び出す

一

沼口一家の熊蔵(くまぞう)を斬った翌朝早く、下総関宿(しもうさせきやど)藩の役人が出っ張ってきた。

谷五郎(やごろう)の関一家のある武州幸手(さって)は天領だが、対岸の関宿は藩領となっている。

やくざ者同士の喧嘩だろうと駈けつけた二人の藩士は、斬り勝った者が侍だったことにおどろいた。

そればかりか、喉から血を吹いて息絶える熊蔵を見て、二人とも青くなった。

「そなたを召し捕るゆえ、同道いたせ。逃げるでないぞっ」

ことばと裏腹な腰の引け具合は、凡暗(ぼんくら)な藩士を見せていた。

「つ、随(つ)いて参れっ」

縄を打つでなく、太刀を取り上げもしないばかりか、香四郎から三歩も離れて前後を歩くだけだった。

関宿五万八千石は譜代家久世の城下で、藩主の広周は寺社奉行を兼帯する奏者番として、名を上げてきた大名である。

にもかかわらず、国表の藩士の為体ぶりが解せなかった。

城内の隅にある牢に入れられたが、長いこと入る者がいなかったのか、蜘蛛の巣が張り、羽目板には黴が浮いていた。

「調べは明日となる。一日のあいだ、悔い改めるがよい」

扱いが町人なみということは、浪人と見なされたようである。が、香四郎に不服とするところはなかった。

寝不足である。

英気を取り戻すため、眠ろうと決めた。

板ノ間に莚が敷かれてある。横たわった。これだけは新しいようで、ありがたかった。

牢内では、昼のあいだ正座と決められていた。しかし、牢番はなにも言わなかった。

太い格子に、幾つかの切り瑕らしいものが見える。

爪で付けた文字にも思えたが、はっきりと読めなかった。

――気のふれた末か……。

香四郎は今、腰の物はもちろん下帯まで外されていた。

短い紐で結ぶ作務衣（さむえ）ふうの白い御仕着（おしき）せ一枚では、思いのたけを吐くこともできないのが牢内である。

自死をせぬようにとの配慮が、お縫（ぬい）たちの決して自らの命を絶たないとの教えを知った香四郎には、煩（わずら）わしいだけだった。

目を閉じる。

お縫だけでなく、津祢次（つねじ）、お鶴（つる）、お種（たね）、おまさたちの顔がうかんできた。

どの顔も爽やかな上、明るかった。

知られたが最後、火刑（ひあぶり）というのにである。

異国のイエズスだかの神に騙されたとしても、一座の女たちの気丈なまでの健気（けなげ）さは、信じ難い姿に思えた。

「上手く逃げおおせてくれ」

香四郎のことばが届くはずもなかったが、天に在（お）わすという伴天連（バテレン）の神は伝えてくれるかもしれないと、微笑（ほほえ）んだ。

熊蔵を殺したことに、まったく後悔はなかった。互いに侍なのである。

——上総屋松右衛門は、どうなったろう。沼口一家の子分もだが、関一家の谷五郎をはじめとする連中はどうなるのか……。

横になっていた香四郎に、睡魔が襲ってきた。

——寅之丞は……。


どれほど眠ったものか、夕餉であると牢番の声が聞こえた。

格子ごしに飯碗が味噌汁の匂いとともにもたらされて、目を覚ました。

腹が空いては意志が弱ると、香四郎が薄い汁と麦半分の飯をかっこんでいたところに、袴を着けた侍が顔を見せた。

「吉井どの。出ませい」

香四郎は姓を呼ばれて、早くも幸手権現堂のほうへも手がまわったかと、箸を取る手を止めた。

「江戸城西ノ丸徒目付心得、吉井香四郎どのにまちがいないな」

「——。確かに、相違ござらぬ」

格子の戸が開けられ、牢を出た。

「幕府御家人とあれば、譜代の当家が裁くこと相ならず、江戸へ送らねばならぬ。川舟の用意ができておりますゆえ、関宿の河岸(かし)へ」

着替えた物は香四郎が身につけていたものではなく、単衣(ひとえ)だが絹物と袴である。

いよいよ切腹の沙汰かと、導かれるまま河岸へ向かった。

分流の権現堂川と異なり、本流の利根川は坂東太郎の名そのままに、満々と水を湛(たた)えて大きかった。

川舟もまた、江戸から乗ってきたものとちがい、人を運ぶために作られているようで広い。

「――――」

帆柱に葵の紋が刻まれているのが目に入り、幕府御用船と知った。

――まちがいなく、切腹となる。

幕臣最期の、花道がつくられているのだ。

怖れるもののなくなっていた香四郎であれば、臆することなく帆柱の下に正座した。

「下りの舟ゆえ、二刻(ふたとき)ほどで江戸に着きますが、脚は楽になされい」

死を賜る武士への、心づかいが思われた。

しかし、吉井香四郎は幕臣なりと、膝を崩さなかった。

今生に見る眺めは、まさに春爛漫を見せていた。

雄大な河の中ほどを、風を切って進む。その左右には、青々と繁る土堤の草や葦などの水草が、目に沁みて仕方なかった。

――情けないものだ。

顔を上げた。

利根川に橋が一基も架かっていないのは、川幅が広すぎることもあるが、江戸へ攻めてくる敵を川に濠の役目をさせるためとなっていた。

敵の侵略防御というが、嘘である。

兵馬が攻め上るとき川を見れば、すぐに小舟を横につなげ船橋とするのは常識だった。

もう一つ、入り鉄砲に出女もまた、それなりの抜け道があると聞いた。

常設の渡し場で役人に誰何されることを怖れる者は、少し高い渡し賃で百姓舟を雇えるのだ。

縫之助一座が百姓舟を使って落ち延びたものと、香四郎は信じている。

どこからか、暮六ツの鐘が鳴った。

陽は落ちはじめ、町家のない武州の川沿いはいっぺんに暗くなってきて、御用船の舳先（へさき）に、提灯が吊るされた。

これもまた葵の紋である。川を遡（さかのぼ）ってくる舟が川岸に寄って、帆を下ろすのが見えた。

最初にして最後の、幕臣に与えられた晴れ舞台となった。

胸を張った。

「吉井どの。寒くはござらぬか」

「なんの。心地よく揺られております」

川面を渡る冷たい夜風が、香四郎の気持ちを引締めた。

もう岸辺と川の区別がつかなくなっていた。月はない。星あかりもない空の下を、闇に向かって入ってゆくようだった。

——なに一つ、言い訳はせぬ。

西ノ丸徒目付心得の吉井は、狂いましてございます。

女義太夫（おんなぎだゆう）の一行がいた。博徒（ばくと）同士の争い、そしてマリヤ地蔵のことまで。知らぬ存ぜぬの一点張りを通すのだ。

じっと目を閉じ、奥歯をかみしめた。

二

気づいたのは、街あかりの光が瞼に入ったからである。

知らぬまに、江戸の大川に入っていた。

川波が街々の軒行灯を映しだし、繁華な大江戸の夜そのものが見て取れた。

橋の上を人々が渡っている。その姿がはっきりと目にできた。

人声がおぼろに聞こえるのも、江戸ならではの喧噪で、香四郎には懐かしかった。

幕府御用船は両国橋の手前を右に折れ、神田川へと入っていた。

不浄とされる腹切り者は、江戸城の平川御門をくぐると決められている。

香四郎が逃げないよう、平川橋で下ろされるのだ。幕府は厳重だった。

色街の柳橋は賑やかにさんざめき、神田あたりは屋台が立ちならび、昌平坂学問所を右に見たところで、香四郎は首を傾げた。

平川御門へ向かうなら、昌平橋で下船するはずなのだ。

が、役人はなにごともないかのごとく、正面を見据えていた。

駿河台、小石川から、牛込に入り、外濠を進んでいる。

香四郎の生まれ育った番町界隈であればよく知るところで、死を前の冥途の土産だったかと、左右を眺めつつ目に焼きつけた。

市ヶ谷御門の下に、提灯を掲げる役人の姿が見え、下船をうながされた。

ひと通りの儀礼が済み、いよいよ罪人の乗る唐丸籠かと眉を寄せた。夜とはいえ、よく知る町なかを運ばれるのだ。

武家屋敷の門番や屋台の商人は、冷飯くいの香四郎と見破るにちがいあるまい。実家の峰近の恥となるのは、嬉しくなかった。

待っていたのは罪人が乗せられる唐丸籠でなく、武家駕籠である。

「ご配慮、痛み入ります」

香四郎は役人に礼を言い、駕籠に乗り込んだ。新しいものらしく、漆の匂いが鼻についた。

駕籠が動き、御用船と同じように辷るほどの滑らかさで、香四郎は運ばれていった。

番町は幕臣の小屋敷が多く、どこも灯りを吝嗇って、町家の明るさに負けている。

――町人のほうが、気持ちまで豊かになるはずだ……。

今更ながらの後悔は、遅すぎた。実家の兄へ油を吝嗇るなと説いておけばと、切腹を前にため息が出てしまった。

ほどなくして駕籠が止まり、外から声が掛かった。

「着到でござる」

早すぎると思ったものの、命じられたのであれば従うしかなかった。

「――――」

まぎれもなく、実家の峰近家であることに目を瞠った。

実家で腹を召せというのだ。不浄な御家人など、江戸城の門をくぐることさえ許せないのだろう。

兄たちにあわせる顔がないと、香四郎はうつむいたまま見慣れた門を入った。

表玄関に煌々と灯りがともされ、峰近家用人の島崎与兵衛が威儀をただした身なりで、香四郎を迎えた。

「ご苦労さまにございます。香四郎さま、今か今かとお待ちしておりました。さ、こちらへ」

与兵衛の顔はいつになく険しく、峰近家の恥をどうしたものかと憂いているように見えた。

通されたのは奥座敷で、白い幔幕を張りめぐらした庭の切腹場ではなかった。

医者がいる。夜具が敷かれ、兄の慎一郎が横になっていた。

弟の不行跡が、兄を病人にしてしまったのかと、敷居ごしに両手をついて頭を下げた。

「香四郎さま、左様なところにおらず、殿のお側へ」

言われるがまま、香四郎はにじり寄った。

「おぉ。香四郎、戻って参ったか。待ちわびてぞ」

「このたびの不始末は、わたくしの一存にて致せしこと。峰近の名に一切かかわりがないと、申し開くつもりでおります」

「なにを、申しておるのだ。お、おまえに、申し渡すことがある」

慎一郎は息苦しくなってきたのか、ことばを途切れさせながら、香四郎の手を握ってきた。

いくら兄とはいえ、男に手を握られるのは気分のよいものではなく、早く放してほしかった。

そこへ与兵衛が、もっと側へと両肩を押してきた。すると兄は、香四郎の衿に手を掛け、耳元に囁いた。

「香四郎は、本日をもって、こ、この峰近の、世子となった。よ、よいな」

「………」

兄は、切腹する弟を御家人としてでなく、旗本の跡つぎにしようというのである。返事ができなかった。

「お、おまえさえ、承知いたせば、明日、御城に届け出を――」

胸につかえたものがあるのか、兄のことばが途切れた。

医者が乗り出し、脈を取りつつ顔いろを診ると、険しい顔となった。

「お医師。兄上は重篤か」

返事の代わりに小さくうなずいた医者は、一点を見つめたまま首をふって見せた。

昔から病弱な慎一郎ではあったが、無役の寄合旗本の役はこなしていた。

妻も娶ったが、子はなかった。いずれ跡目は妻の実家からと決められていたのは、末弟で部屋住の香四郎があまりに幼かったからである。

いつ倒れてもとの考えでいたが、ことのほか慎一郎が長く保ってしまったので、妻の実家の弟たちは養子に出てしまった。

本来なら二十歳すぎた香四郎にお鉢がまわってくるのだが、遠縁となる御家人の吉井家に空きが生じ、その跡となっていた。

兄が死ねば、香四郎は旗本である峰近に戻ることになろうが、今日明日とは思っていなかった。

それどころか、武州巡検の任を逸脱して、下総関宿で人を手に掛けたのである。切腹とならなくても、相応の処罰がなされるはずの香四郎なのだ。

「兄上。世子となることありがたく承りますが、峰近の名を穢すことになっては申しわけなく――」

「な、なにを申す。承知したなればよい。しょ、精進いたせよ……」

慎一郎は言い終えると、昏倒した。

「峰近さま、お気をしっかり」

医者は叫び、妻女をと用人の与兵衛に命じながら、脈を取った。

しかし、目を開けることなく、峰近家の当主はそのまま事切れた。

四十八歳の齢は、取り立てて短いとは言えないものの、充実した生涯とは言い難かったろうと、二十二になる弟は下唇をかんだ。

与兵衛らは走りまわり、当主の逝去と世子の件を江戸城に伝え、葬斂の仕度万端がととのえられていった。

無役とはいえ、将軍お目見得の五百石取りの旗本である。かたちばかりとはいえ将軍家からの供物が捧げられた葬斂はそれなりのもので、喪主となった香四郎はなんとか務め上げた。

が、初七日をすぎても、江戸城からはなんの音沙汰もなかった。

いつ使者が来てもと、香四郎は身を浄めて待ちつづけた。

用人の与兵衛が、それでこそ旗本の鑑と、いつにない笑顔で話し掛けてきたのは、八日目の朝である。

「香四郎さま、いえ、殿が吉原に居続けをした日、どうしたものかと頭を抱えたのが嘘のようでございますな」

「居続けは、しなかったではないか」

「はい。御家人吉井家を継ぐことになったのが、殿の転機だったのです」

「転機か。ものは言いようだな」

「なにを仰せです。武士たる者は、家の主となってこそ真価が問われます。殿は、お自覚が備わっておられたのです」

「葬斂にかまけておったか、吉井の家はどうなった」

「いっときですが、殿の中小姓をしておられた五月女寅之丞さまが、めでたく吉井家に」

「寅之丞が、百俵二人扶持の御家人に列したか。なによりである」

武州幸手で別れて以来、会っていなかった寅之丞が香四郎の吉井家に直っていたことに、両替商平松屋の力を思った。

「それもこれも、殿の働きがご立派であったればこそ。この与兵衛、感服つかまつる次第にございます」

与兵衛の大袈裟すぎる物言いは、あまりに的外れに聞こえた。

遠くない内に沙汰がもたらされたなら、切腹は免れても、峰近家の改易あるいは減封となるだろう。

徳川の陪臣でしかない旗本家用人には、なにひとつ知らされていないようだった。

「もう一つ、殿に伝えておかねばならぬ話がございます――」

ことばを止めた与兵衛は、莞爾と気味わるく笑い掛けてきた。

「当主となったからには、奥方を貰わねばならぬと、亡き慎一郎さまより申し伝えるよう言われております」

「なにごとも、四十九日がすぎて後に手を付けるべきではないか」

「そうでございました。先代の殿を見送ってからのこと。この与兵衛、勇み足でございます」

恐縮どころか、陽気を見せる用人だった。

玄関口から門番の年寄り吾平が、飛び込んできた。

「なんだ吾平。奉公人が玄関より上がるなど、もってのほか」

与兵衛が叱ったが、門番は首を横に大きくふって見せた。

「たった今、表門にお駕籠が、参りましてございますっ」

「吾平。どなたさまじゃ」

「それが、大そうな大名駕籠で、お供のお侍が主どのをと……」

「大名駕籠が、当家に参ったのか」

これは一大事と、与兵衛は出て行った。

とうとう来たのだ。

旗本を監察の若年寄である大名が、使者としてあらわれたにちがいなく、香四郎は礼装となる紋付羽織袴に着替えるべく、納戸に走った。

「殿、殿っ」

与兵衛が声を上げて呼ぶのは、一大事にあわてたときの癖である。

香四郎は落ち着くべく、着替えを務めてゆっくりとおこなった。

「お急ぎくだされ、殿っ」

「分かっておる。島崎、若年寄はどなたである」

弘化二年となって、六名の若年寄がいた。誰であっても大きなちがいはなかろうが、できるものなら出世して老中になりそうな大名をとねがった。

「なにを仰せでございますっ。乗物は筆頭ご老中、阿部伊勢守さまですぞ」

「若年寄でなく、老中が、当家に」

「いいえ。伊勢守さま差向けのお駕籠に、殿が乗って登城なさるのです」

「――――」

陣笠にすぎない旗本を処断するのに、大名駕籠でというのが解せなかった。

なんであれ、登城せよとの命である限り、従わざるを得ないのが旗本である。

「御城では、この白足袋にお履き替えねがいます。呉々も粗相のないように」

用人は替え足袋を手渡し、くどいほど粗相のことばをくり返した。

備後福山藩十万石の大名駕籠は、前後三人ずつの六人に担がれている。知らない者は、大名が乗っていると思うにちがいない乗物だった。

町人は道の端に寄り、奉行所の役人までが一礼をして立ち止まる様子が、中から見えた。

香四郎は、尻がむず痒くなってきた。

昼日中の江戸市中を、供侍を左右に従えての短い道中とはいえ、とんでもない罰当たりともいえるお練りを、堪能してしまったのだ。

関宿で手に掛けた熊蔵が、幕府が放っていた隠密であったとしたら、香四郎の罪は更に大きくなるにちがいない。

あるいは将軍家に列する者だったというのであれば、謀反人に近い罪とされるだろう。

老中が出ざるを得ないこととなり、今日となったのではないか。

切腹どころか、一族郎党は遠島を申しつけられ、峰近家はもちろん、次兄の親族や三兄の寺にまで迷惑をかけることになるのだ。

「てやんでぃ」

香四郎は汚ない町人ことばを放った。

熊蔵を手に掛けたのは、一にも二にも卑怯さわまりない脅しを、女にしてきたことが許せなかったからである。

男の風上にも置けない幕府隠密が、将軍につらなる者であっていいはずがあろうか。

「上等だぜ。打ち首にでも磔刑にでも、するがいい」

「峰近どの、大事ございませぬか」

駕籠の脇についていた供侍が、香四郎のつぶやきに声を掛けた。

「いいや。ご無礼を」

老中までが出てくる大罪人というなら、いっそ後ろ手に縛られ、裸馬に乗せられての市中曳き廻しとされるほうが、どれほど潔いだろう。

大きな声で熊蔵の悪辣ぶりを言い立ててやるのだがと、ため息をつくしかなかった。

が、幕府もさるもの。老中の乗物を寄こしたのは、供侍も含め幕臣ではないとして、香四郎が騒いでも福山藩士が狂ったことになるよう仕立てたのだ。

自棄鉢になっては阿部伊勢守にまで迷惑が及ぶと、唇をかむしかない香四郎となっていた。

三

江戸城の内濠に着いた。

駕籠の外を覗くと、不浄の口となる平川門ではなく、大手門である。そこを入っていった。

番士は中にいる香四郎を改めることなく、老中の乗物を通した。

白い玉砂利の上を、下乗橋まで進む。

目の保養となった。

美しくととのえられた松ヶ枝、曲がり角ごとに立つ番士は袴に皺ひとつなく、人が歩いたあとの砂利を元どおりに掃く者がどこからともなくあらわれた。

「ご下乗を」

声がして乗物が外から開けられると、目の前には香四郎の草履が揃えてあった。

導かれるまま進むものの、もう周りを見られなくなっていた。

いくつもの視線に、情けなくも竦んでしまったのだ。将軍居城の、威厳に負けたのである。

吠えるつもりでいたが、とても太刀打ちできそうになかった。

西ノ丸に初めて入ったときもそうだったが、どこをどう通って本丸の奥まった老中用部屋の前まで来たものか、思い出すこともできないでいる。

すわるように促され、敷居ごしに正座したが、替え足袋（たび）を履き忘れてしまったと、舌打ちをした。

「旗本、峰近香四郎どの、参られましてございます」

案内役が美事な襖絵（ふすまえ）を見せる唐紙（からかみ）ごしに声を放つと、中から左右に音もなく襖が開かれた。

「ちこう」

「は」

なにを言われたかも分からず、香四郎は頭を下げたままじっとしていた。

「峰近であるな、近くへ参れ」

「御免」

ようやく顔を上げると、色白で恰幅（かっぷく）のよい内裏雛（だいりびな）を見るような老中が、一人すわっていた。

人払いがなされ、香四郎と二人きりになったのが、解せなかった。

香四郎は、人斬りなのである。

天下の老中の安全が、守れるのだろうか。本丸の玄関口で太刀を外した記憶はあるが、脇差は帯に残っているのだ。

殿中で刃傷となった例はいくつもあったらしいが、幕府はそのたびごと巧みに隠したと聞いている。

武士の脇差は、自らを恥じて切腹するためとされていたが、憎い相手の喉なり首を狙えば、わけなく殺すことはできるものだった。

香四郎が切腹を申し渡されたとたん、老中に躍りかかり、みずからも喉を突いてこの場で死んで見せるかと考えた。

悪名となろうが、後世にまで峰近香四郎の名は残る……。

香四郎はゆっくりと、目を上げた。

が、正弘は涼しげな目を、しなやかに見返してきた。

老中に昇ってまだ二年、弱冠二十七歳でしかない大名である。

暗愚な大名の見せる空けぶりはなく、懐の深さを目ばかりか指先にまで顕わす大物ぶりに、なったばかりの陣笠旗本は負けた。

「まずは、礼を申す」

片手だけだが、正弘の指先が畳につけられていた。

「…………」

いったいなにを、人ちがいではないかの目を向けた香四郎に、老中は口元をほころばせた。

「礼を申すというより、謝まるべきであろうか。そなたを武州幸手へ送ったことである」

「ご老中の命でございましたかっ」

「おどろくには、あたらない。これも天保が弘化と改まっての、方策と申すものの一つだ」

阿部伊勢守はこの二月、改革を推し進めてきた老中の水野越前守を、罷免に追い込んだ。

両者が犬猿の間柄にあったとは、香四郎も耳にしていた。

水野は倹約と綱紀粛正を旗じるしに、締めつけによる改革を狙った。

一方の阿部は綱紀を正すのは大奥をはじめとする将軍家からと、倹約を六十余州に号令するのはまちがいと、反対を唱えた。

老練な水野に、若輩の阿部が敵うはずもなく、袖にされた。

が、次第に改革は行き詰まりを見せ、阿部正弘が寺社奉行のとき、大御所と呼ばれた徳川家斉の大奥における乱行を明るみにして以来、将軍家慶に目を掛けられるに至った。

立場が、入替ったのだ。

目の前の老中もまた、改革をせんとしているのだろうか。

「いかがした。峰近は操られたこと、心外なりと憤っておるかな」

「滅相もなきことなれど、ご老中はなにをわたくしめに」

「単刀直入に申す。今の幕府にとって最大の懸案は、異国との折衝である」

「黒船の出没でございますか」

「切っ掛けは、そうなるが……」

正弘は奥歯にものの挟まった言い方をして、間を置いた。

なんとも言い難い間が、香四郎の腹の底に熱をもたらせた。

――隠れ切支丹を。

香四郎はできるだけ素知らぬふりで、うつむいた。

「この伊勢は改革なんぞより、人材の登用こそが政ごとを正しく導く第一歩と考える。残念なことに、親代々の職責を継ぐ者ばかりは、弘化の難題を解くことはできぬ」

そう思わぬかと、若い老中は屈託のない顔を向けてきた。屈託のなさ、それこそ隠れ切支丹お縫の得意とする表情だった。

が、曖気（おくび）にも出したくないイメス地蔵の話である。

「人材の一人として選ばれたこと、誇りといたします」

「ありきたりのことばを捏（こ）ねまわしては、人材の名が泣くぞ」

含みをもった言い方に、香四郎は身を固くせざるを得なかった。

「下戸（げこ）と聞き及んでおるゆえ、菓子を見繕（みつくろ）わせた。左様に固くならず、ひと息つくがよい」

大きな菓子鉢ごと、老中みずからが引き出し、湯茶まで用意しはじめた。

薄茶を点（た）てるのではなく、番茶を淹（い）れた。

菓子鉢の中を見て、吉原の廓でカステラを食べたことが思い返されてきた。

「馴れぬ手つきの茶は恥ずかしいが、菓子に毒は入っておらぬゆえ食べてくれ。ありきたりな物ではつまらなかろうと、南蛮菓子を取り寄せた」

「……………」

「ぼうろと申すのが、丸いもの。黄色い紐のようなのは、鶏卵を用いた玉子素麺。有平糖に、金平糖もある」

「――――」

切支丹の話をしろとの目を向けられたようで、香四郎は目を泳がせてしまった。

香四郎は下剋上をと大見得を切ったものの、腹の底からの悪党には成り切れないようだ。

新しい天下びとを前に、香四郎は眉を寄せていた。

「いかがした。羊羹や練切のほうが、好みであったかな……。南蛮菓子は、好かぬと申すか」

「負けましてございます」

香四郎は平伏せざるを得なかった。

「さて。負けたとは、いかに」

「天下びとに白を切られるのは、生殺しに等しゅうございます」

「峰近。そなたの武州での働き一部始終、この伊勢には果報であった」

「果報とは、またどのようなこと……」

香四郎が首を傾げると、伊勢守は上段ノ間から下りて膝を詰めてきた。

「申すな。なにも、申すでない」

　壁に耳ありと目配せをした老中が、目の前に顔を近づけてつぶやくように言った。

「沼口と申す男、越前どのの横目付であった」

「…………」

　熊蔵は水野忠邦の、手駒となって働く隠密だったという。やはり、侍だったのだ。

　なんのためと訊こうとした香四郎を制し、老中は聞き取れないほどの小声で、ひと言だけ発した。

「きりし、たん」

「――。分かりかねます」

　隠れ切支丹を暴こうとするのは分かるが、水野忠邦と阿部正弘のあいだで、いち早く摘発しあうというにしても、香四郎は当人となる縫之助を逃しているのである。

　すぐに捕えて参れというのであれば、香四郎はうなずくつもりはない。分かりかねますと答えたのは、とぼけたつもりだった。

が、老中の伊勢守は目を吊り上げて、香四郎に迫ってきた。

「越前どのは、幕府祖法を盾に、踏み絵まで用意しておった。が、この伊勢はあの者たちを、そのままにしたい」

「あの者、とは」

「女義太夫一座の、地蔵信仰に篤(あつ)い者たちである」

「――――」

信じられなかった。ご政道を執(と)り仕切る老中が、切支丹信者を取り締まらないというのだ。

「峰近は、阿片(あへん)が清国(しんこく)で騒動を引き起こし、湊(みなと)が奪われた話を聞いておろう」

「はい……」

「今、異国に攻められては、ひとたまりもないと思わぬか。いや、まちがいなく滅ぼされるのが、日乃本のわが国である。あの者たちを火刑(ひあぶり)に致せば、異人らはそれを糸口に侵略してくる……」

阿片を広めるより、手っ取り早い理由がつくり上げられてしまうと、老中はつぶやいた。

幕府開闢(かいびゃく)以来の祖法を、伊勢守は無視するらしい。

香四郎はおのれの頬を、つねりたくなった。

伊勢守は、話をつづけた。

「人質と申しては語弊があるが、あの者たちが動きまわって異人に知らせることで、戦を回避できるのではと……。黒船を排斥せんとする一派から、甘い考えと言われるかもしれぬが」

「感服つかまつりましてございますっ」

平伏した香四郎は、お縫の顔を瞼の裏に甦らせていた。

常に微笑み、苦労を眉にも見せない女だった。

思わず涙目となって拭ったものの、伊勢守には見られていた。

「色里の女ばかりではなく、芸人にも情をこぼすか、峰近は」

「こぼす……」

「うむ。精も、こぼすと申すであろう」

「………」

阿部伊勢守正弘は、風流人を気取った。そして背側に置いてあった物を差し出した。

「峰近香四郎へ、これをと思うて求めて参った。褒美である。受けるがよい」

太刀袋が出され、開いてみよと言われた。

拵えの美事な太刀である。

「村正である。古今無双の刃味、比類なき斬れ味と聞くが、将軍家の忌み嫌う銘刀のようだ」

「聞いております。東照権現公が指をすべらせた折、また祖父さまも、お父上の広忠さまも村正によって傷を受けたと思いおこし、不吉な妖刀とされたのが、この村正と」

「祖法を蔑ろに致すわれらには、ピタリの太刀かもしれぬ」

伊勢守は、ニヤリとして見せた。

かつては村正を所持しているだけで、謀反の疑いありと死罪になった旗本もいたという。

が、今や数百両で売り買いされる銘刀となっていた。

「太刀を、拝借つかまつります」

「いや。本日より、そなたの物である。この度についての沙汰は後日、伝えることになろう。今日ここでの話は、夢と思え。よいな、夢だ」

老中は先に部屋を出た。

死を賜るはずが、信じ難い話の末に天下一の銘刀まで頂戴したのであれば、香四郎の頭は混乱した。

下城する折、香四郎は西ノ丸徒目付頭の佐々木重成どのをと、案内役の番士へ頼んだ。

おどろいたことに、西ノ丸にも本丸にも佐々木姓の目付はいないと言われたのである。

まさに夢であるばかりか、掌にのせられた手玉となっていた香四郎だった。

唯一、手にした村正だけは、本物だった。

五百石取りながら、香四郎は正真正銘お目見得の旗本である。登城も下城も、駕籠か馬が当然とされていた。

歩くわけには行かず、大手門を出て町駕籠を拾った。

四

番町の邸に帰った香四郎は、おどろいた。

吉井家の当主となった寅之丞に、火消は組の頭辰七、そして両替商の平松屋伝助までが出迎えてきたからである。

「おまえたち、揃っておれを謀ったな」

「いったい、なんの話でございましょう」

若い寅之丞だけは空惚けているようには見えないが、辰七と伝助はしたたかに知らぬ顔の半兵衛を決め込んでいるとしか思えなかった。

辰七はしきりに煙草をふかし、伝助は妙なくらい深刻な顔を崩さないでいた。

「平松屋。西ノ丸に、佐々木という目付頭は、いないそうだ」

「はて。辞めてしまわれたものか、ご出世してほかへ――」

「馬鹿者っ。てめぇの素っ首、叩き落としてくれる」

拝領の村正を抜いて脅したが、伝助はどうぞと首をなでた。

「お目見得の幕臣を、手玉に取りやがる……」

「殿はいまだ、将軍拝謁を賜っていないはずです」

寅之丞が真実を突いて、伝助や辰七、用人の与兵衛までがうなずいた。

「………」

先月まで部屋住だった香四郎が世事に疎いのは確かだが、そんな新米旗本になにをさせようとしているのか、見当がつかなかった。

「与兵衛。おまえまでが、一枚噛んでおるのか」

「殿が登城されたのち、みなさま方にいろいろと聞かされましただけでございます」

「主人が手玉に取られて、面白いか」

「はい。嬉しく思いました次第」

香四郎に人材登用の白羽の矢が立ったのだと、用人は誇って見せた。

そのとき表玄関に、旗本屋敷に似つかわしくない華やいだ声が立って、与兵衛は眉をひそめて出ていった。

すぐに子どもの唄う声がしてきた。

〽おまえ待ち待ち　蚊帳の外　蚊に食われぇ

「これ、止めんか」

用人の叱りようは呆れ半分、近所への手前もあっての困惑半分に聞こえた。

吉原の廓見世が、ふたたび禿を寄こしての客引きである。

商売とはいいながら、市中それも旗本屋敷にまで来ての客寄せは、時世時節も変わりつつあると思った。

「殿。若竹なる見世より、子どもの使者が参り、馴染みになるまでと怒鳴っております」

「使者か、敵もさるものだ……」

香四郎が出て行くと、過日の豆花魁が怖い顔をして睨んでいた。

「直参お旗本ともあろう侍が、不実な真似は止しなんし」

「そなたは直参とか不実の意味を、分かっておるのか」

「…………」

禿が泣きべそをかきそうになり、香四郎はあわてて駈け寄った。

「よい、よいのだ。そなたの申すこと、よく分かった。今夜にも顔を出すゆえ、花魁にはよしなに伝えてくれ。これは小遣い」

懐から小銭を出して禿に握らせると、ようやく可愛い色目を流してきた。

豹変ぶりが、玄人である。

この前同様に、遣手が随いてきているのだろうが、女児とはいえ花魁への忠義ぶりは、幕臣らに見習わせたい働きに思えた。

すたすたと木履で帰ってゆく姿に、与兵衛は小言を口にした。

「峰近家の当主となった殿が、悪所に通うなどもってのほか。今のことばは、子どもへの方便でございましょうな」

「うむ。されど、吉原は官許の地。馴染みとなるまで通わぬのは片手落ちとされ、叱責されかねぬ」

「香四郎さま。堅物の拙者なれど、初会の女郎と馴染むために三度つづいてあがることくらい、知っております。それを官許の決まりのなんのと、もう部屋住の身ではございませぬぞ」

「まぁな」

「なんという情けない返事を……。峰近家ご先祖さま方が、なんと嘆かれることやら」

——嘆かば、嘆け。峰近を継いだおれだが、もう武州で腰の物を血で穢しているよ。

博徒とはいえ、人をひとり殺めているのだとは、用人にも言えなかった。

「お賑やかですな、組の者も吉原へ同道させていただくと、は組に箔がつきます」

辰七がにやけた顔を見せると、与兵衛は聞こえよがしの咳払いをした。

「そうだ。ご用人さまもご一緒にワァッと、繰り出そうじゃありませんか、ワァッと」

「さて。この年寄りが、女郎買いを」

与兵衛の顔に険しさどころか、しかめたふうが見えないので、香四郎は笑いながら訊(たず)ねた。

「用人どのも今夜はパァッと、挨拶に参ろうではないか。なぁに、見世にあがるの買うのというのではなく、見物と洒落(しゃれ)よう。なっ、それなればご先祖も怒るまい」

「挨拶、物見遊山と申されるのなら、なんでございますな……」

話は早かった。

筆おろしをしたばかりの寅之丞までが、深刻に北叟笑(ほくそえ)んでいる。

平松屋伝助はと見れば、澄まし顔で一同を見まわしていた。町火消の人数によってはと、懐を気にしているようだった。

表玄関にふたたび人声が立ち、与兵衛が出て行ったと思うと、すぐに駈け戻ってきた。

「殿。御城よりの、御使者にございまする」

香四郎は下城したままの正装だが、座敷は片づいていても、相応のもてなしの仕度のできているはずがなかった。

「寅之丞どの。済まぬことながら、茶菓の用意を。拙者はお出迎えを……」

出迎えるためには、用人とて礼装に改めるものである。

五百石ながら、峰近家の台所は兄のころから芳しくなく、奉公人には暇を出して久しかった。

信じ難い話だが、用人が三度の食事を作り、掃除までしていた。知行地から上がる分は、病弱だった兄の薬代と治療に消えてしまっていたのである。

峰近家を継いだ香四郎も、しばらくは薬種問屋への借銭に追われると知らされていた。

五

座敷に通した使者の出で立ちは、裃に白足袋だった。

床ノ間を背に立つと、使者は下座に控えた香四郎に、奉書紙を開いて読み上げた。

「旗本峰近香四郎、本日をもって布衣お目見得とし、五百石の加増を申し渡すものなり。及び、長崎奉行支配調役とす」

「…………」

五百石が倍増されて千石取りは大身旗本の仲間入りではあるが、遠国の長崎に出向くとなれば大仕事と思えた。

拒むものではないが、香四郎は老中の阿部伊勢守の遠慮深謀を考えざるを得なかった。

異国の侵略に配慮するのは分かるが、蘭学をはじめとする海外事情に疎い香四郎なのである。

「御使者にお訊ねいたします。肥前長崎への出立は、いつになりましょう」

「長崎奉行支配とはいえど、江戸在住であるとのこと。詳しくは通達がござろうが、肥前より送られし文書を吟味する役にて、江戸城芙蓉之間詰になるとのこと。明朝五ツ、ご登城ねがうとのこと。以上にござる」

使者は奉書紙を置き、湯茶に手をつけることなく帰った。

見送る与兵衛の顔はクシャクシャに涙をまみれさせ、肩をふるわせていた。

「もうお帰りになられた。島崎、主の出世がそれほど嬉しいか」

「と、とうと……」

「具合でも、わるいか。おい、与兵衛」

「遂に、とうとう、千石に戻ったのでございますっ」

「戻った、とは」

「峰近家は、香四郎さまがお生まれになる十年ちかく前まで、千石取りでございました……」

「初耳である。父が当主だったときに、石高を半分に減らされたのなら、なんらかの落度があったのか」

　訊こうと思ったが、香四郎は理由を確かめようとは思わなかった。知ったところで、なんになる。おのれの戒めとして小さく縮こまるより、ふたたび半減されるほど暴れてみたいと考えた。

「島崎、なにも申すな」

「…………」

　先々代から仕える用人は、減封された理不尽さを言い立てたそうにしていたが、将軍家に文句を物申すことなどできるはずはなかった。

辰七が出てきて、加増となったことと新たな役を賜ったことを寿いで、踊りだした。

「頭、気でもふれたか」

「へい。なにがなんだか、おかしくなりそうに、嬉しいのです」

手足を泳がしながら、泣き止まない用人の与兵衛の手を取った。

「ご用人さま。泣くんじゃなくて、ひと晩じゅう踊り狂わなきゃいけねえや」

「く、くぅ、くっく」

奇天烈きわまりない声を絞り出した与兵衛は手足を踊らせて、居あわせた者たちを笑わせた。


吉原の大門をくぐったのは、総勢十一名となった。

香四郎を筆頭に、寅之丞と与兵衛の三人が武士。伝助に辰七と火消六人が供の者としてつづいた。

登楼する見世は若竹で、勘定は平松屋伝助がもつと決められたのであれば、陽気にならないわけがなかった。

若竹の前には、女たちが待ち構えていた。

十一人があがるとは、前もって伝えてある。

男っぽい江戸侍の香四郎に、若衆のような寅之丞。そこに火消が六人と聞けば、女たちは目の色を変えた。

火消と相撲力士、これに町奉行所与力の三つが男伊達（おとこだて）とされ、女たちは先を競って取りあった。

銭離れ（かねばなれ）がよい上に、さっぱりとした気性で、くよくよしないのが人気の理由とされていたが、嘘八百である。

吝嗇（けち）で、嫉妬深くて、往生際のわるい連中を、香四郎はたくさん見ていた。が、廓（くるわ）のほうにしても、玉代（ぎょくだい）を払ってくれさえすれば、一人でも多くあがればとの銭勘定でしかなかった。

火消が大勢やってくると焚（た）きつけるだけで、女たちは機嫌よく働いてくれるのだから、堪（たま）らない上客である。

「お待ち申しておりました。花魁（おいらん）よりどりみどり、外（はず）れなし。たっぷりと、おしげりねがいましょう」

おしげりとは、部屋に入ってお愉しみをとの里ことばである。

出迎える男衆（おとこし）たちは、下へも置かないもてなしとなった。

ただ一人、両替商の伝助だけが浮かれて見えるものの、目の奥のほうは笑っていなかった。

「済まぬ。平松屋には散財をさせる」

「なにを仰せで。これは先物買いでございます」

銭を払わされる伝助だけが火消らに囲まれ、もてそうにない四十男になっていた。

引手茶屋を通す大見世ではない中見世の若竹だが、二階の大座敷では一同揃っての宴となった。

飲めない香四郎であっても、付きあうのが廓の決まりである。脇には、若紫花魁が寄り添っていた。

あがった全員に、女が付いている。

与兵衛には、なぜか若い女。辰七は相応の年増で、寅之丞は裏を返すべく過日の花魁。そして伝助には馴染みらしい、芸者の大年増が付いていた。

見まわす限り、ひとり平松屋伝助だけが浮いて見えた。

陽気になれないのは分からないでもないが、江戸の両替商に十人や二十人分の玉代は痛くもなかろう。

具合でもよくないかと、香四郎はそれとなく平松屋を見た。

横に付いている芸者の空々しさが、気になった。

女を抱くことに興味がない男なのか、盃に手をやる回数が少ないのは香四郎と同じ下戸に近いようである。

香四郎は今日まで、平松屋伝助をしっかり眺めたことはなかった。

「――――」

盃を取る手、膝にのせた指が、侍に見えてきた。

確かとは言い切れない。しかし、両替商がいくら武家と付きあう機会が多いからといって、侍の仕種をまねることはないはずだった。

むしろ、武士を立てるため、商人らしくふるまうものである。

――平松屋は……。

辰七が言ったのを思い出した。平松の名をもつ造酒屋は、甲州の地になかったという。

そういえば、香四郎が斬った沼口一家の熊蔵は、甲州から出たのではなかったか。それも、まちがいなく武士だった。

同じ甲州とするなら、熊蔵も伝助も甲州勤番士だったと考えれば、辻褄が合うのではないか。

「熊蔵は、水野越前の肝入りで横目付となっていた……」

「主さん。熊が、どうなさんしたぇ」

香四郎がつぶやいたのを、若紫がなにかと顔を覗き込んできた。

「花魁。平松屋の脇におる芸者は」

「平松屋さんとは、どなたでありいす」

「いちばん下座にいる格子縞を着たのが平松屋だが、当家の上客ではないと」

「いいえ」

「ということは見世の、旦那筋か」

「いやでありんすぇ。ここ若竹の主筋は、浅草の呉服問屋村田さんでありんすわいな」

廓見世の若竹と平松屋伝助には、深いつながりどころか、関わりがなかった。

その伝助が西ノ丸徒目付頭を、名指しで紹介したばかりと考えていたが、どうやらちがっていた。代わりに江戸城内に香四郎を送り込むには、それなりの人物がいなくてはなるまい。

御城の番士も含め、それができたのは水野忠邦である。

——なにゆえ、このおれを武州へ向かわせたのだ。

答えられるのは、平松屋伝助をおいてほかにはいなかった。

香四郎は春となってから、なに者かの作為で手玉に取られつづけてきた。

偶然か、あるいは故意によって、水野越前守と阿部伊勢守の確執に、巻き込まれていたのだ。

下剋上のことばに踊らされ、世に出るところまで来たものの、所詮、自力ではないと思い知らされた。

正直に生まれついた昨日までの香四郎であれば、今の立場を腐って投げ出したにちがいない。

しかし、今はちがう。

人の力を借りたにせよ、あるいは偶然が重なったのであれ、これを足掛かりにしてなにがわるかろうと居直れるまでになっていた。

代わりに、香四郎が上を目指すための邪魔者には、退場していただくよりほかなかった。

——排斥(はいせき)しさえすれば、後ろ指をさされることもなくなる……。

悪党の邪念である。

知らず、盃の酒を口にした。

——苦い。

「あれ。主さん、お呑みなさんしてのか」

若紫が笑い、盃に注ぎ足してきたのを、もうひと口と流し込んだ。

そこへ進み出てきたのは伝助で、かけつけ三杯だと言って、注ぎ入れた。

——嬉しくない者の酌と、花魁の酌だった。どうちがうものか、呑み比べてみよう。

赤漆の盃に注がれた酒が、波打った。

「もう、お止(よ)しなさんし」

盃を取り上げた花魁は、代わりに干した。

「みなさま。どうぞ、おしげりを」

上がってきた女将(おかみ)は、部屋へ入ってお愉しみの時刻だと囃(はや)した。

香四郎も若紫と並んで、宴の座敷をあとにした。

夜更け。香四郎は用足しに立った。

階下の端にある厠(かわや)にくると、客とすれちがった。

香四郎を侍と見て、その客は脇に寄ったと見えた刹那――

金気の匂いが、香四郎の鼻にまとわりついた。

「やっ」

廊下の掛行灯が、刃をひと筋の光にして、まっすぐに突き進んでくるのを映しだした。

肘で払ったつもりが、ことのほか強い力であると分かった。

シャッ。

香四郎は寝巻を斬り裂かれ、同時に脇腹が熱くなるのをおぼえた。

「なに者っ」

言い放ったものの、返事はふた太刀めとなって来た。

鋭い突きが喉元を狙ってくるのを、香四郎は身をのけぞって躱す。

三太刀めが、横からの払いを見せた。

――甲州か。

香四郎の脳裏をよぎったのは、雨の晩に沼口一家の母屋で相対した熊蔵の力強い太刀筋である。

「伝助、そなた甲府勤番――」

「問答無用っ」

返されたことばも同じだったが、香四郎が払いに踏み込んだ足も同じことになった。

よろけた伝助の空を切った太刀を奪い取ると、胸に突き立てた。

「………」

呻き声も上げず、伝助は崩れ落ちていった。

見世の者が灯りを手に出たときは、もう廊下一面が血にまみれていた。

明け方、廓内の面番所から知らせを受けた者は、香四郎が旗本であるがため、若年寄配下の本丸目付たちだった。

老中阿部伊勢守による指図で旗本による無礼討とされ、香四郎は咎められることとなく落着をみた。

晩になって、伊勢守からの使いが文を持参してきた。

香四郎の思ったとおり、熊蔵と伝助は甲府勤番の幕臣だった。

陸の島流しとされる勤番士は、いじけている。という以上に、腐りきっていた番士へ、人材登用の機会をと声を掛けた者がいた。

落ち目となりつつあった水野越前守である。

「なるほど、捨て駒にやる気を起こすとは、改革に走った天下びとらしい」

熊蔵と伝助は、武州幸手のマリヤ地蔵の話を聞きつけ、歳月をかけて練りに練った計画をつくり上げ、全盛だった越前守の援助に応えたのだろう。

一方は武州のやくざ者に、他方は江戸の両替商にまで化けた。

唯一の失敗が香四郎に目をつけたことで、隠れ切支丹を逃しただけでなく、敵対したのだった。

両替商として、伝助は生きつづけることができたはずと思ったが、この春以来、罷免(ひめん)された老中越前守に関わる一切が洗い見直されはじめていたのである。

新参の両替商が槍玉に挙げられるのは、明らかだった。

旗本峰近香四郎は今日、将軍お目見得の栄誉を賜わり、長崎奉行支配の調役を拝命した。

あいだに、伊勢守が控えた。

野心。美しい響きのないことばである。

が、武家駕籠(かご)で下城した香四郎の目に映った江戸の町には、生きんがために闘う町人たちが、美しく愛(いと)おしい姿に見えてきた。

屋台の食べ物を、立ったまま口にする職人。赤子が泣くのをあやす子守娘は、小さな尻をつねっている。

年寄りは唾を吐く横で、路地に隠れて立小便をする小僧。駄馬は糞を垂れ、猫は魚屋の天秤棒のあとを尾けていた……。

弘化二年、春四月を前の大江戸の様だった。

コスミック・時代文庫

江戸っ子出世侍
お目見得

【著 者】
早瀬詠一郎

【発行者】
杉原葉子

【発 行】
株式会社コスミック出版
〒154 0002 東京都世田谷区下馬 6-15-4
代表 TEL.03(5432)7081
営業 TEL.03(5432)7084
FAX.03(5432)7088
編集 TEL.03(5432)7086
FAX.03(5432)7090

【ホームページ】
http://www.cosmicpub.com/

【振替口座】
00110-8-611382

【印刷／製本】
中央精版印刷株式会社

乱丁・落丁本は、小社へ直接お送り下さい。郵送料小社負担にてお取り替え致します。定価はカバーに表示してあります。

ISBN978-4-7747-6246-3 C0193

N
W
E
S